公元787年，唐封疆大吏马总集诸子精华，编著成《意林》一书6卷，流传至今
意林：始于公元787年，距今1200余年

一则故事　改变一生

《意林·少年版》编辑部

萝莉大冒险 ① 王冠的重量

司徒平安 著

吉林摄影出版社
·长春·

图书在版编目（CIP）数据

王冠的重量 / 司徒平安著. -- 长春：吉林摄影出版社，2017.10
（意林·萝莉大冒险①）
ISBN 978-7-5498-3381-8

Ⅰ. ①王… Ⅱ. ①司… Ⅲ. ①长篇小说－中国－当代 Ⅳ. ①I247.5

中国版本图书馆CIP数据核字(2017)第265166号

萝莉大冒险①·王冠的重量
LUOLI DA MAOXIAN① · WANGGUAN DE ZHONGLIANG

出 版 人	孙洪军	
总 策 划	顾 平	宋春华
出 品 人	杜普洲	
主 编	宋春华	
责任编辑	施 岚	
丛书策划	宋春华	于丽丽
图书统筹	于丽丽	
执行编辑	于丽丽	于明晶
设计总监	资 源	
封面设计	资 源	
美术编辑	张 龙	
发行总监	王俊杰	
开 本	880mm×1230mm 1/32	
字 数	110千字	
印 张	5	
版 次	2017年10月第1版	
印 次	2017年10月第1次印刷	

出 版	吉林摄影出版社
发 行	吉林摄影出版社
地 址	长春市泰来街1825号
	邮编：130062
电 话	总编办：0431-86012616
	发行科：0431-86012602
网 址	www.jlsycbs.net
经 销	全国各地新华书店
印 刷	北京嘉业印刷厂
书 号	ISBN 978-7-5498-3381-8　　定 价：23.80元

版权所有　翻印必究
（如发现印装质量问题，请与承印厂联系退换）

目录 CONTENTS

	楔子	1
第一章	来历不明的神秘人	3
第二章	甩不掉的追兵	13
第三章	塔拉公主的阴谋	25
第四章	魔术发烧友	35
第五章	藏于暗处的1408号	47
第六章	隐藏街巷的黑影	59

目录 CONTENTS

第七章	躲避黑衣人追击	67
第八章	油画里的隐士	79
第九章	公主的身世	93
第十章	迷雾黑森林	105
第十一章	草木精灵施救	115
第十二章	激战与守护兽	127
第十三章	王冠的重量	139

楔子

"公主,回来吧!"

悠长的呼唤在空中一遍遍地回荡,仿佛从遥远的地方传来似的。

特蕾娅茫然地环顾四周,眼前白茫茫一片,到处都弥漫着浓雾,什么也看不到。"公主!"远处又传来一声长长地呼唤,声音中犹如带着某种魔力般驱散了周围的浓雾,渐渐地,特蕾娅眼前变得明朗起来。晴空万里,群山连绵,树木葱茏,好一片壮丽的山河美景!

没过多久,她突然意识到有些不对劲儿,满脸疑惑地缓缓低下头,眼前的一幕令她脸色骤变,她竟然悬浮在瀑布口上方的悬崖上。汹涌奔腾的瀑布从悬崖处望去一泻千里,山谷里到处弥漫着浓浓的水汽,轰隆隆的水声震耳欲聋。特蕾娅向下望去,几百米的巨大落差让她感到一阵晕眩,两条腿控制不住地抖动。她的胸脯剧烈起伏着,全身僵硬地站在原地一动也不敢动。

"特蕾娅,该回来了,回来吧……"空灵的声音好像是从瀑布里传出来的,轻柔地呼唤着她。

特蕾娅脸色发白,拼命地摇着头,眼中尽是掩饰不住的恐惧。她不知道自己是怎么到这里来的,更不知道是谁在呼唤她。就在她六神无主的时候,突然,背后像有一股无形的力量推来,她来不及发出惊叫,身体便朝前倾斜,紧接着失去平衡,一下子往崖下直直地坠去。特蕾娅的心倏地堵到了嗓子眼儿,她拼命地挥动双臂想抓住些什么,可是,除了从指缝间溜走的空气,什么也抓不住。浓浓的水汽扑面而来,失重带来的不安定感排山倒海般包围着她,刺激着全身每一个细胞,正在快速下落的她惊骇到了极点,但是她却无力改变什么,只能任由自己不断地下坠,下坠……

是生,还是死?特蕾娅绝望地闭上了眼,朝着悬崖下坠去。

第一章
来历不明的神秘人

特蕾娅心头一惊,迅速站到窗户旁,透过储藏室的玻璃窗偷偷向外望去,闯进来的正是追她的那群人!为首的学妹留着一头胡萝卜色的拉面长发,凶巴巴地叉着腰对身边的人呵斥……

"咚"！头部一阵剧痛传来……

"哎哟！"特蕾娅痛得叫了一声，猛地睁开眼。咦？她看着空无一人的体育器械室，坐起身来。窗外，夕阳透过树梢照射到室内的地板上，给昏暗的房间增添了少许亮色。"又是梦啊！"她用手揉着脑袋上的肿包，长长地舒了口气。最近不知怎么了，她经常梦到相同的情景，每次醒来时总觉得身上凉飕飕的，里面的衣服都被汗水浸透了。

"她肯定躲在这里，大家四处搜，必须把她揪出来！"外面的走廊里突然传来一阵急促杂乱的脚步声，其间还伴随着气急败坏的叫嚣。一听到外面的动静，特蕾娅猛然回想起之前发生的事……

放学时，教室里的同学都走光了，最后一个写完作业的她背着书包刚走出教室，恰好碰上五六个打扮另类的学妹，从另一边的楼梯里走了出来，东张西望地像是在找什么人。她们刚一看到特蕾娅就纷纷指着特蕾娅嚷起来，然后杀气腾腾地朝这边追来。特蕾娅莫名其妙地看向身后，长长的走廊里除了她再没别人，难道她们是冲着自己来的？看她们的架势似乎来者不

第一章
来历不明的神秘人

善！她被吓了一跳，想也不想地拉紧书包掉头就逃，最后逃到这里躲了起来，不知怎么，竟然靠着身后布满灰尘的陈列架睡着了。

那几个学妹是学校里出了名的刺儿头，整日里不务正业不说，还四处惹事。特蕾娅想破脑袋也想不出自己哪里得罪过她们，为什么会成为她们追赶的目标。"今天真是倒霉，怎么甩都甩不掉那几只苍蝇！"特蕾娅从地上站起来，拍拍身上的土。就在这时，体育器械室的门被人用力地推开，五六个人从外面涌了进来。

特蕾娅心头一惊，迅速站到窗户旁，透过储藏室的玻璃窗偷偷向外望去，闯进来的正是追她的那群人！为首的学妹留着一头胡萝卜色的拉面长发，凶巴巴地叉着腰对身边的人呵斥道："都给我打起精神来！她一定就藏在这里！你们把这里每个角落都仔仔细细地搜上一遍！"说着，抬头朝特蕾娅藏身之处看来。特蕾娅的心突地一跳，慌忙缩回身，紧贴墙壁而立，心脏突突直跳。只听那名学妹咬着牙，狠狠地补充一句："里面也不许放过！"

那个学妹的话音一落，身边的几个学妹立刻分散搜索起来，还有人朝着储藏室方向走来。"完蛋了，她们把这里堵住了，现在出去是不可能了……"特蕾娅顿时紧张起来，转头寻找其他可以躲藏的地方，当看到半掩的窗口时，她眼睛一亮，忙用棒球棍抵住门，然后快速朝窗口奔去。学妹们听到屋里有动静，都赶了过来，将门撞得砰砰直响。"哐当"！门被她们

硬生生撞开，与此同时，特蕾娅的身影也从窗口消失了。

此时正是路马道商业街一天中最忙的时候，每间店铺里都有顾客光顾，人来人往很是热闹。特蕾娅匆匆走在青石板铺就的人行道上。走着走着，她突然顿住脚步，回头看向身后，脸上露出疑惑的表情。奇怪，怎么总觉得有人在看着她似的，难道那几个学妹在后面偷偷尾随着她？特蕾娅扫了一眼周围，却并没有发现什么异常，她不解地挠着头，回过身来继续前行。可是越走心里越觉得不对劲儿，那种被人盯视的感觉变得越来越强烈。

特蕾娅抱紧书包，突然大步跑起来，看到前面有个偏僻黑暗的胡同，她迅速跑到胡同的墙角后面躲了起来。她屏住呼吸贴墙而立，想看看到底是谁在跟踪自己。谁知等了好一会儿，并没有可疑的人经过。她忍不住猫下腰，悄悄地把头伸出墙角，街道上一切如旧，看不出任何异常。"怎么会没有情况？难道是我神经过敏了？"特蕾娅低声自语，这才松了口气，直起身往墙上靠去。刚刚放松下来的她蓦然发现身边多了一团黑乎乎的身影，个头儿比她还高，刚才躲进来的时候明明没有人，那团黑影就像凭空出现似的，不声不响地立在她身后。出乎意料的发现惊得她心里咯噔一下，全身汗毛直立，猛地转过身来。

当看清眼前的情形时，特蕾娅惊异地睁大了眼睛。站在面前的人打扮极其怪异，全身上下被黑色披风裹得严严实实的，宽大的帽兜松松垮垮地垂下来，遮住了大半张脸，无法看清对

第一章
来历不明的神秘人

方的真面目。她佝偻着背，手中拄着一根黑色发亮的藤制拐杖，犹如幽灵般静静地站在那儿，浑身散发着死亡般的气息。怪异的打扮，还有突然出现在这儿的方式都给人一种说不出的诡异。不知为什么，特蕾娅面对着她，心里升起一股莫名的恐惧。

特蕾娅紧张地咽下口水，张了张嘴正要说话，蓦地，那人疾风般地伸出像树皮一样干枯黑瘦的手，稳而准地朝她抓来。

特蕾娅大惊，还没来得及躲闪，脖子就像被一股神秘力量紧紧箍住一样无法动弹。更让她感到诡异的是，对方的手根本没有碰到她，只是停在她面前做了个掐的动作而已。"放、放开我，你是谁？"控制着脖子的那股力量仿佛铁钳一般，掐得她连说话都变得极其吃力，脸也涨得越来越红。黑色帽兜微微抬起，露出勾着邪恶笑意的嘴角，乱蓬蓬的灰白头发后面出现一双嗜血般的眼眸。"终于找到你了，特蕾娅公主。"她的声音缓慢而苍老，沙哑中带着一丝难掩的兴奋与幸灾乐祸。

"你、你找错……人了，我是……特蕾娅，但不是什么……公主！"特蕾娅从嘴里艰难地挤出一句断断续续的话，无论她怎么用力想挣脱对方的控制，都无济于事。"叶塞尼娅女王把你藏得好深，害我找了很久，直到现在才找到你！今天，就让我结束你可怜的生命吧！哈哈哈……"嘶哑的话音一落，手中力道骤然加重，掐得特蕾娅几乎喘不过气来。

不好，那家伙要杀了她！特蕾娅大惊，拼命地想挣扎，

但此刻她的身体竟然完全不受自己控制。对方做了个抬高的手势,她的双脚竟然就随着对方的动作而缓缓离开地面,停在了半空中。这是什么状况?从哪儿冒出来的怪人?为什么要杀她?眼前的状况完全超出了特蕾娅的接受范围,她脑子乱糟糟的,彻底被眼前的状况搞懵了!

渐渐地,特蕾娅四肢酸软,眼前变得模糊起来,身体就像被浸泡在令人颓靡的药水中一样,丧失了行动能力。

对方的笑声回荡在狭窄昏暗的巷子中,特蕾娅的心头涌起前所未有的恐惧,脑子里蓦地冒出一个奇怪的念头,面前这个人是杀手,是专门来取她性命的杀手!恍惚间,特蕾娅仿佛看到杀手露出了真面目,一张苍老的面孔上布满了纵横交错的褶皱,眼窝深陷,眼睛里放射出令人胆寒的光芒。

就在特蕾娅觉得自己的生命快要走到尽头的危急时刻,事情发生了大逆转——一位少年飞也似的冲进胡同,对着杀手张开五指,披着黑斗篷的神秘人顿时像断了线的风筝似的,歪歪斜斜地飞出去,重重摔在几米外的地上。"多管闲事的小子,我记住你了!"她狼狈地从地上爬起来,对着突然出现的少年恶狠狠地咬牙道,然后抓起拐杖骑上去倏地飞向夜空,很快就消失在茫茫的夜色中。

特蕾娅像被抽走了筋骨似的软软地顺着墙壁瘫软在地上。"特蕾娅!"少年赶过去扶起她,让她的头倚着自己的肩头。特蕾娅缓缓撑开眼皮,眼前的面孔从模糊渐渐转为清晰,一张俊逸帅气的面孔出现在视野中。浅蓝色的弯曲长发披在肩

第一章
来历不明的神秘人

头泛着淡淡的光晕,琥珀色的双眸清澈晶莹,这个突然出现的少年看起来似乎有股说不出的神秘、高贵的气质。"你、你怎么知道我的名字?你是谁?我从来没有见过你。"

"初次见面,我是奥茨家族的莱茵奥特,我受你母亲所托专程来找你,谁知却被黑巫师抢先找到了你。你还好吧?"莱茵奥特关心地问。"你说什么?那个人是黑巫师?"特蕾娅茫然地眨着眼睛,还以为自己听错了,那不是电影里杜撰出来的角色吗?世界上怎么可能真有黑巫师存在?

莱茵奥特扶着特蕾娅从地上站起来,确定她没有受伤之后,将手背到身后点头答道:"是的,她来自充满邪恶的黑暗世界,那些黑巫师常常在人间四处游荡,诱捕落单的公主,企图让她们变成自己的傀儡,以满足自己的野心。刚才袭击你的那个黑巫师虽然攻击力不强,但在黑巫师队伍中却是出了名的阴险狡诈,一旦被她缠上,定力不强的公主很容易被她蛊惑,迷失心智。"莱茵奥特披着白色的斗篷,领口系着样式繁复的花式领结,衣袖口和衣领边缘用金线点缀,并镶以奇特的金色纽扣做装饰,衬托出他与生俱来的贵族气质。看上去,他仿佛是位游历四方的王子。

有那么一瞬间,特蕾娅竟然有片刻的失神。

"可是她为什么要袭击我?我听见她叫我特蕾娅公主?"特蕾娅不解地追问。莱茵奥特遗憾地说道:"这个问题原本应该由你的母亲亲自向你解释,可现在她将所有的一切委托给了我,那就由我告诉你真相吧!其实你来自魔法王国,你

的母亲是塞尔西亚国的叶塞尼娅女王,而你是她三个女儿中最小的一个。一个月前叶塞尼娅女王与我签下了五年契约,从今天起我将是你的骑士,负责保护你的安全,直到你成年那一日。这是我与你母亲达成的契约书。"莱茵奥特打了个响指,空中出现一卷羊皮书,那个羊皮书像有生命力似的徐徐展开,一行行火焰色的文字出现在羊皮书上。契约书的右下角签着两组龙飞凤舞的花体字。等特蕾娅看完,羊皮书上的文字又瞬间化成一团火焰消失了。

"黑巫师不攻击普通人类,毫无疑问,你就是我要找的特蕾娅公主。"莱茵奥特语气坚定地说道。

一个差点儿杀死她的犹如黑暗幽灵般的邪恶家伙,一个对她的事情了如指掌的陌生少年,加上刚刚从眼前消失的火焰文字……这一切让特蕾娅有种做梦的感觉。

"你在开玩笑吗?我怎么可能是特蕾娅公主?不、不,一定是你们搞错了!"特蕾娅脑袋乱乱的,一把将莱茵奥特从身边推开,疾步奔出了黑暗小巷。莱茵奥特跟在她身后亦步亦趋,始终与她保持着一两步的距离。特蕾娅突然知道这么多的信息,一时间有些接受不了,她激动地用手比画着,喋喋不休地念叨:"我一定是疯了!竟然会相信你说的那些鬼话!什么公主,叶塞尼娅女王?我明明有爸爸妈妈好不好!从哪儿又冒出来什么叶塞尼娅女王?"

"他们并不是你的亲生父母,叶塞尼娅女王才是你亲生母亲。"莱茵奥特背着手跟在特蕾娅身后,耐心地解释。

第一章
来历不明的神秘人

"我才不相信你说的那些鬼话!天哪,我一定是在做梦!别再跟着我啦!我都快疯了!"特蕾娅猛地停下脚步,转过身冲莱茵奥特大发脾气,然后又气呼呼地一甩头,大步流星地走起来,犹如一头愤怒的狮子。"从小到大我从没听说过什么魔法世界,也不相信世上有黑巫师的存在,我只知道所有的魔术把戏都是骗人的!为什么那个家伙冲我一指,我就全身无法动弹?而你明明没有碰到那家伙,她却莫名其妙地弹了出去?太混乱、太可怕了!我的脑袋简直快要炸了!"

"你这是要回家吗?现在黑巫师已经发现你了,你的家已经不安全了!你需要跟我搬去一个安全的地方。"莱茵奥特背着手快步跟上,提醒道。

"谁、谁说的,现在科技这么发达,我、我家安装了三部最新监控装置,一报警,警察很快就会赶来!"

"我想,我可以解释一下……"看到特蕾娅情绪激动得有些语无伦次,莱茵奥特刚要开口,特蕾娅就捂着耳朵,忍无可忍地大叫:"我什么都不想听!别再让我看到你!"说完,飞也似的跑了起来。莱茵奥特望着她远去的背影,轻轻叹了口气,停了一会儿从兜里掏出一张叶塞尼娅女王亲笔写的纸条,上面写着她的住址:皇后大道1221号。

"初次见面的印象很糟糕,她现在肯定不想见任何人,咻咻,我还有点儿事要去处理,后面的事就交给你喽。"莱茵奥特的斗篷里鼓出一个向外凸起的小包,小包朝着衣领不断移去,转眼间,一团毛茸茸的金黄色的绒球"砰"地出现在莱茵

奥特的左肩。"叽咕叽咕……"金黄色绒球舒展开来，原来是一只拳头大的袖珍猫，黑漆漆的大眼睛滴溜溜地转着，格外惹人喜爱！它跳下莱茵奥特的肩头，三步两跳地朝着特蕾娅离开的方向追去。

第二章
甩不掉的追兵

特蕾娅脸色惨白,胆战心惊地看着渐渐走近的追兵,眼前的三个黑衣人犹如游走在黑夜中的杀手,浑身散发着阴森森的寒意。

　　特蕾娅气喘吁吁地从皇后大道拐入小巷，巷口的第一幢二层小楼就是她的家。她推门跑进去，大声喊着父母："妈妈！爸爸！"她刚冲进客厅，眼前的情形令她猛然停住脚步，脸上露出极度震惊的神色。客厅就像被龙卷风洗劫过似的，所有的东西都乱了套，果盆、烟灰缸、各种书籍等散落一地，一片狼藉。出了什么事？家里进贼了？特蕾娅被吓了一跳，她找遍一楼所有房间，又冲上二楼，发现二楼的房间也都被人翻得乱七八糟，窗户还大开着。唯独不见父母的身影。他们去哪儿了？他们不会有事吧？

　　她不安地跑回客厅抓起座机拨打父母的电话，听到的回应一直都是嘀嘀的忙音。内心陷入极度不安的特蕾娅飞快打开伪装成油画的壁柜门，露出藏在里面的监视器，她将时间调到一个小时之前，监视器快速播放着影像。屏幕里很快出现了母亲伊美尔达的身影，个头儿不高，身材微胖，顶着一头深褐色的梨花头，她正忙着收拾客厅，似乎听到门铃响，然后一边用围裙擦着手，一边走去开门。门一开，她像是看到什么可怕的东西，惊恐地捂着嘴巴向后倒退，一名黑衣人缓缓从门外走了

第二章
甩不掉的追兵

进来。这个人是谁？特蕾娅睁大双眼，双手按着屏幕紧张地盯着。来人全身包裹黑披风，连头部都蒙着黑头套，根本看不出他的本来面目。伊美尔达仿佛很怕对方，浑身控制不住地颤抖。她转身就往窗户跑去，就在这时，客厅两扇窗户被某种力量撞开，玻璃碎了一地，摆在窗台上的花盆也通通摔到地上。又有两名黑衣人直接从窗口闯了进来。站在门口的黑衣人抬起手中像魔法棒一样的东西指向伊美尔达，嘴里念念有词。伊美尔达抱头逃进厨房，离开的瞬间，她站立过的地方一对一人来高的落地青花瓷花瓶轰然爆炸。

看到这儿，特蕾娅的心几乎快要从嗓子眼儿跳出来了，那几个人来自魔法世界吗？他们为什么要攻击她的母亲？

伊美尔达逃进厨房时一把扯下了挂在门上的透明雨衣，又抓起一个平底锅防身。黑衣人追入厨房再次举起了手中的魔法棒，一道耀眼的光束朝伊美尔达射去。伊美尔达下意识地用平底锅去挡，耀眼的光束被反弹回去，堵在门口的黑衣人被击中，身体一下子弹了出去，重重摔到地上。伊美尔达趁此机会慌忙跳上厨房的平台，拉开小窗户急欲逃生。就在这时，另一名黑衣人冲进来，见此情形，迅速扯下身上的黑斗篷朝伊美尔达抛过去。伊美尔达脸上露出极度惊恐的表情，一把用雨衣罩住自己，黑斗篷落在她身上后，又缓缓瘫在了平台上，伊美尔达竟然像空气似的消失不见了！

另外三名黑衣人见此情形，相互看了一眼，转身离去。

特蕾娅看完监控器里记录的事情经过，眼中露出无法抑制

的震惊,喃喃道:"发生了什么事?妈妈去哪儿了?"眼前的事情让她有种做梦般的不真实感,今天发生的所有的事都远远超出了她的认知。就在特蕾娅六神无主的时候,一个尖细又带着娇嗔的声音飘进了她的耳朵。"让你不听劝告,早就告诉你家里不安全了。"

"谁?"特蕾娅警觉地看向四周,隐约看见一抹金黄色的身影倏地从窗台一闪而过,似乎躲到了饮水机后面。那、那是什么鬼东西?好哇,又有一名可耻的入侵者!特蕾娅飞快抄起一根棒球棍,全神戒备地朝饮水机一步又一步靠近,她猛跨一大步冲到后面一看,饮水机后面什么也没有?这时,那个尖细的声音又出现在她身后。"叶塞尼娅女王是魔法世界数一数二的魔法高手,没想到她的女儿却一无是处,真不知道莱茵奥特干吗要接下这份委托?"

"你、你给我出来!背后说人坏话的家伙!"特蕾娅快被这个只闻其声不见其人的家伙气坏了,她气呼呼地用棒球棍在可疑的地方敲敲打打,偏偏怎么也找不到它!"我已经看到你了,快给我出来!不然我对你不客气了!"沙发后面一角传来细微的异响,特蕾娅的视线一下子锁定了那个地方。

正当她冲过去准备要把那个隐藏在暗处的家伙揪出来的时候,一股阴冷的邪风突然从窗口呼地灌进来,特蕾娅的后背像是袭来了一阵西伯利亚寒流,倏地激起一身鸡皮疙瘩,随即,室内响起了一阵诡异干涩的笑声,那声音冰冷而没有一丝生气。特蕾娅心里莫名浮起不祥的预感,她猛地转过身,壮起胆

第二章
甩不掉的追兵

子吼道:"谁?"

特蕾娅扫视屋子各个角落,并没有发现可疑的入侵者,但是屋里却响起一个令人脚底生寒的声音。"特蕾娅公主,你的死期到了!"话音刚落,特蕾娅突然感觉身后冷风微动,转身一看,不知何时窗前多了一个人。来人静静地立在那儿,全身都隐藏在黑斗篷里,正是之前袭击伊美尔达的那伙人中的一个!"小心后面!"之前消失的尖细声音急声尖叫。特蕾娅警觉地回头看向身后,屋子里又悄然无声地出现两名相同装束的黑衣人。特蕾娅心一沉,糟糕!她被包围了!

"你们是谁?闯入我家做什么?你们把我妈妈怎么样了?"特蕾娅全身紧绷,一颗心提到了嗓子眼儿。

"你不需要知道我们是谁?只需知道,你这条贱命不该活在世上!"说话的黑衣人的面巾上绣着金丝花边,似乎是个头领人物。看到他举起手中的魔法棒,特蕾娅的心跳骤然加剧,瞳孔也随之放大,她亲眼见过魔法棒的威力,只需轻轻一点,她就会像那对青花瓷花瓶一样瞬间消亡。"请、请等一下!"特蕾娅用手挡着自己急叫,"就算让我死也要死得明白吧?反正我已经逃不掉了,为什么不让我知道真相呢?你们为谁效命?为什么要对付我?"她一边说,一边向后倒退,一直退到沙发旁的酒柜处。

"我们已经向主人宣誓效忠,在任何情况下都绝不透露主人的信息。而你,将死之人不需要知道真相,要怪就怪你是特蕾娅公主吧!"戴绣花面巾的黑衣人眼神阴冷无情,将魔法

棒对准了特蕾娅。电视柜上的花盆后面探出半截金黄色的小脑袋，眼前的情形令咘咘眼中充满了焦急，低若蚊蝇般自语："糟了！特蕾娅公主一个人不是他们的对手，偏偏莱茵奥特不在，这可怎么办？"

特蕾娅把手背到身后胡乱摸索，摸到了酒柜里的酒瓶，这下她心里有了主意。"哼，我可不是好欺负的！"她倔强地叫道，突然握住酒瓶，向着黑衣人用力掷过去。酒瓶接二连三地从她手中抛出，另两个黑衣人还没发动攻击就被酒瓶击中，一个击中面部，一个击中手腕，两人的魔法棒都失去了准头，不是打中墙上的油画，就是击中电视柜旁的电灯。"砰"！"啪"！油画掉地的声音和电灯爆裂的声音先后响起。眼看着酒瓶都被扔完了，而黑衣人和特蕾娅的距离却越来越近。特蕾娅一步一步地退到墙边，意外地看到料理台上有半盆面粉，她灵机一动，拿起盆就把面粉冲着黑衣人扬去。整个屋子里顿时都是面粉。

黑衣人被面粉弄得措手不及，纷纷向后退去。特蕾娅抓住时机，利索地从窗口跳了下去。黑衣人恼火的叫喊声从屋子里传来："可恶，快追上那个死丫头，别让她跑了！"

特蕾娅甩开大步朝隔着一条街的跳跳蛙棋牌酒吧跑去，父亲大部分时间都在那里跟老朋友们消磨时间。在她身后不远处，一只金黄色的袖珍猫溜着墙脚正拼命地在后面追赶。此时已是深夜，但街道上依然热闹非凡，真正的夜生活才刚开始，不断闪烁的霓虹灯在行人的说笑声中大放异彩。看到跳跳蛙棋

第二章
甩不掉的追兵

牌酒吧就在前面，特蕾娅气喘吁吁地跑过去推开门就往里闯。门一开，嘈杂的音乐直往她的耳朵里灌。小小的酒吧里已经坐了很多客人，到处是客人们大嗓门的说话声和肆意的笑声。这里光线昏暗，烟雾缭绕，特蕾娅捂着鼻子一边往里走，一边转头寻找着父亲的身影。"爸爸！"特蕾娅一眼看见吧台后面的父亲，高喊了一声，急匆匆地跑进吧台。袖珍猫咻咻钻进桌下，穿过无数客人的脚边朝对面溜过去。

"特蕾娅？我的宝贝女儿怎么到这儿来了？噢，工作人员不在我暂时帮他代下班，一会儿就可以回家了！"亚德先生叼着一只古朴的红木烟斗，手里认真擦拭着一只水杯，笑呵呵地冲特蕾娅打招呼。红润的圆脸蛋，精致的八字胡，一身裁剪得当的黑西装总被他压出几道难看的褶皱。令人遗憾的是，西装扣子常被圆滚滚的身体撑得紧绷绷的，仿佛下一秒就会弹飞出去。

"爸爸，出事了！有奇怪的人闯进家里去了！"特蕾娅按捺不住急切的心情，迫不及待地说道。

"不要急，有话慢慢说。如果是可怜的流浪汉，就让你妈妈给他们点儿钱打发走就好了。"亚德先生冲特蕾娅眨了下眼睛，不紧不慢地说道。无论遇到什么事，他永远都是一副天塌下来都不会砸到自己的乐观态度。特蕾娅一把夺过他手中的水杯，心急火燎地跺了下脚说："我没有开玩笑，是三个我从来没有见过的人！他们闯到家里用魔法棒攻击妈妈，我赶到时妈妈已经不见了！"

"等等,魔法棒?"亚德先生听出什么,拔出嘴里的烟斗狐疑地问道。"是呀,今天还有个穿着黑斗篷古里古怪的人一直跟着我,她掐我脖子差点儿要杀掉我呢!"特蕾娅忙将今天遇到的一系列奇怪的事讲给父亲听。亚德先生的表情变得越来越惊骇,甚至忘记了吸烟直接将冒着烟的烟斗头朝下塞进西装口袋里,嘴里发出一声惊呼:"我的天哪,他们竟然找到这儿了!这儿已经不安全了!"

"爸爸,他们到底是什么人,为什么叫我特蕾娅公主?"特蕾娅急道,她很希望父亲告诉自己事情真相。

"孩子,这件事我稍后再告诉你,现在我们要赶紧找到你妈妈!她现在很危……噢,不!"亚德先生的话才说了一半儿就戛然而止,他眼睛睁得老大直直盯着酒吧门口,脸上露出极度惊恐的表情。特蕾娅正要回头,亚德先生一把将她的头按到吧台下面,急促地说道:"躲在这儿不要出来,除非我来找你!"说完,解开围裙跑出吧台,朝酒吧的后门跑去。特蕾娅猜到发生了紧急状况,紧贴着柜子大气都不敢出,她跪在地上小心翼翼地把头探出吧台。藏在酒瓶后面的咘咘也露出一双黑宝石般的眼睛朝外张望。

特蕾娅刚伸出头,猛地吸了口气,瞬间又缩回脖子,眼皮一连跳了好几下,出乎意料地,她竟然又看见了攻击她的那三名黑衣人!没想到他们竟然追到了这里!特蕾娅的心跳骤然加剧,她壮起胆子再次探头看去,那伙人似乎发现了亚德,飞快在客人间穿过,向酒吧的后门追去。特蕾娅终于明白刚才父亲

第二章
甩不掉的追兵

为什么突然把她按到吧台底下,自己跑了出去,他要把那伙人引开!

令特蕾娅感到奇怪的是,一般有人进来,多少都会引起客人的注意,而当黑衣人闯进来的时候,酒吧内的客人就像什么也看不到似的,依然各自谈着话,就连黑衣人从他们旁边擦身而过都浑然不觉。这情形实在太不对劲儿了!一想到父亲要面临三个黑衣人的追击,她就心急得不知如何是好。等黑衣人从吧台旁一跑过去,特蕾娅立刻伸手将吧台上的电话抱下来,拨打报警电话。"警察叔叔快来!这里是皇后大道1950号跳跳蛙棋牌酒吧,有三个坏蛋要抓我爸爸!"话筒那边一有人接听,特蕾娅便急促地低叫起来。

报完警,特蕾娅扔掉电话,飞也似的朝酒吧后门跑去。隔着后门的玻璃窗,她看见亚德跑上了高架桥,下面就是水流湍急的滔滔河水,不时有鸣笛的船只经过。三名黑衣人在后面穷追不舍,丝毫没有放过他的意思。"怎么办?我该怎么做,该怎么做才能救爸爸!"特蕾娅用手捶打着门板,急得眼底泛出泪水。她知道,爸爸是为了保护她才引来杀身之祸的!

亚德拖着笨重的身体踉踉跄跄地逃到桥梁中央实在跑不动了,扶着桥栏弯下腰,大口大口地喘着气。三名黑衣人放慢速度朝他逼近。亚德转过身满面戒备地盯着他们,一步步地向后退,此刻他已经到了无路可逃的地步。

"嘿,伙计们,先别这么激动,我们来聊一聊。"亚德在尝试着和黑衣人对话。

然而黑衣人似乎并不为所动，只见其中一个黑衣人拿起魔法棒，对着亚德就是一击。亚德瞬间倒地，再没有任何动作。

特蕾娅眼睁睁地看着这个残酷的场景，心几乎要停跳了，泪水不受控制地从眼中夺眶而出。"爸爸，爸……爸……"她的声音抖得几近失音，手紧紧捂着嘴巴，身体如打桩机般不停地抖动。妈妈已经不见了，如今连爸爸也出事了，短短半小时的工夫，世界上两个最爱她的亲人都离开了她。特蕾娅心中陷入了空前的绝望。

"快回来，他们发现你了！"那个尖细的声音焦急地叫喊。特蕾娅僵硬地转动眼珠子，桥上的三个黑衣人都转头朝这边望来，他们相互看了一眼，一起朝这边狂奔。特蕾娅好半天才回过神儿来，意识到自己面临的危险，她挪动沉重的脚步，跌跌撞撞地退回到后门里，飞快插上闩，往大厅逃去。此时，两名警察正在跟吧台的工作人员询问报警的事，她跑过去抓住一名警察的胳膊，就像抓到救命稻草似的，上气不接下气地急道："警察叔叔，快救救我，有人杀了我爸爸，他们还要抓我！"

"发生了什么事？他们是什么人？"警察神色一凛，立刻追问详情。

特蕾娅正要开口，就在这时，酒吧后门方向传来砰的摔门声，他们进来了！她惊慌地朝吧台侧面的玄关看去，那名面巾上绣着金丝花纹的黑衣人刚刚转过玄关，气势汹汹地朝吧台走来，一双阴沉的黑眸紧紧锁定特蕾娅，眼中充满了杀戮的冷

第二章
甩不掉的追兵

意。特蕾娅猛地打了个哆嗦。警察下意识地按向腰间的手枪，转身看去，可是却没有看到任何人，他们莫名其妙地回过头，用一种异样的眼神看向特蕾娅。在他们眼中，特蕾娅似乎变成了一个精神错乱的女孩。

特蕾娅简直不敢相信自己的眼睛，为什么他们看不见？周围的客人们各自热络地聊着天，谁也没有注意到这边的紧急状况。特蕾娅猛地发现一件可怕的事：只有她一个人能看见他们！三名黑衣人转出玄关，朝她这边包围过来，特蕾娅耳边有个尖细的声音在大声嘶吼："快跑！"眼看着黑衣人从警察两边穿过快步追来，特蕾娅再也不敢迟疑，拔腿就逃。

还没从悲痛的心情中解脱出来的特蕾娅脑子乱糟糟的，心中只有一个念头：快跑，快跑，绝不能被他们抓住！她不知道那伙人从哪儿来，也不知道他们为什么一定要杀了她，最可怕的是，除了她根本没有人能看到他们！这是为什么？为什么会是这样？特蕾娅感觉自己快要崩溃了，泪水模糊了她的视线。屏息狂奔了一段时间后，她脚步踉跄地拐入一条偏僻的小巷，躲到垃圾筒后面藏了起来。咻咻从特蕾娅的背包里悄悄探出头，钻出来跳到她肩头，满眼同情地望着低头揉眼的特蕾娅。可怜的公主，估计她被吓坏了！

"噔噔……噔噔……"急促的脚步声停在了巷口，特蕾娅呼吸一滞，猛地抬起头来，面前的地上清晰地映出三道修长的黑影，他们已经堵住了巷口！糟了，到底还是被他们找到了，特蕾娅心怦地一跳，屏息紧盯着三个不断移动的身影。"出来

吧，特蕾娅公主，你跑不掉了！"一个嘶哑阴沉的声音响起。

特蕾娅脸色惨白，胆战心惊地看着渐渐走近的追兵，眼前的三个黑衣人犹如游走在黑夜中的杀手，浑身散发着阴森森的寒意。特蕾娅扶着墙一步步向后退，胆战心惊地看着他们，恐惧的阴影占据了她整个心房。就连她肩头的咻咻的眼中也出现了畏惧！

萝莉大冒险①

第三章
塔拉公主的阴谋

塔拉公主掌握着皇室权力,她担心特蕾娅公主的存在有一天会威胁到她继承王位,她不希望特蕾娅公主活在这个世上。

　　为首的黑衣人缓缓抬起手中的魔法棒对准特蕾娅，嘴里叽里咕噜地念出一串咒语。特蕾娅吓得一动也不敢动，不知道接下来自己将面对怎样的处境。这时，一道蓝色的光从魔法棒中冒出，闪电般地蹿向特蕾娅，咻咻触电般地从特蕾娅肩头弹开，惊呼着摔到了垃圾筒顶上。"发、发生了什么事？"特蕾娅吃惊地发现自己的身体不能动了，全身僵硬如同雕像一般完全不听指挥。黑衣人缓缓晃动魔法棒，特蕾娅的手就像被无形的线牵引着慢慢抬起，一齐掐向自己的脖子。"怎、怎么会这样？"特蕾娅的心在发抖，她隐约猜到接下来要发生的事，脸色惨白无比。果然，令人惊骇的一幕发生了，她的手掐住脖子开始用力，力量越来越大，她渐渐感到呼吸变得困难起来。

　　"放、放开……我，浑……蛋……"特蕾娅小脸憋得通红，断断续续地说道。一名警察骑着摩托经过巷口时，无意中扭头扫了一眼，"吱"的一声将摩托车急刹在原地。特蕾娅朝警察投去求助的目光，太好了，终于能有人阻止他们了！警察奇怪地转头打量空荡荡的巷子，一头雾水地朝墙角处的特蕾娅看来，伸出双手试图安抚特蕾娅。"嗨，孩子，发生了什么

第三章
塔拉公主的阴谋

事？快松开你的手！这么玩可不是什么好事！"

"呜呜……呜呜，我这样子看起来像在玩吗？"特蕾娅心中仿佛有一万头大象在奔跑……

当看见警察站在面前四处张望时，特蕾娅猛然想起一个事实：普通人类看不到他们！她的脸涨得通红，眼底泛起了可怕的红血丝，胸膛里好像快要爆炸似的，憋得她难受到了极点。"孩子，不要这样，我来帮你！"好心的警察正要上前帮忙，谁知他的好意引来黑衣人的反感，其中一名黑衣人厌恶地皱眉，抬起魔法棒朝他一甩，恶狠狠地冷喝道："滚！"刚要迈步的警察还没明白怎么回事，突然感到一股强大的力量朝自己袭来，顿时后退数步。

看着唯一的救星在眼前消失了，特蕾娅陷入了空前的恐慌中，完蛋了！看来她的小命要玩完了！特蕾娅痛苦地挣扎着，气息越来越弱，视线也越来越模糊，仿佛走到了生命的尽头。谁来帮帮她，她还不想死！眼看着特蕾娅快要坚持不住了，焦急的咘咘突然睁圆双眼朝黑衣人瞪去，眼中跳跃着愤怒的火焰，它纵身一跳，直扑向为首的那名黑衣人，露出锋利的尖牙照着对方的脖子狠狠咬下去。噗，咘咘的尖牙刺破了黑衣人的脖子。

咘咘的奇袭有了作用，黑衣人还没来得及防备就中招了。

"噢，该死的家伙！"黑衣人痛叫着，一把抓住咘咘扔出老远，用手捂着受伤的脖子直吸冷气。咘咘摔进不远处的垃圾

堆里，痛得浑身发抖，无力再站起来。咘咘的干扰成功阻挠了黑衣人对特蕾娅的控制，特蕾娅靠着墙慢慢下滑，一下子跪坐在地上，虚弱的她用手撑着地面，一边喘着粗气一边剧烈地咳嗽。黑衣人上前走了几步，将她包围在中间。"特蕾娅公主，别再做无谓的抵抗了，就让我们送你好好上路吧！"

特蕾娅喘息着，抬起泪眼，看见他们将三根魔法棒齐刷刷地对准了自己，似乎已经没有了退路。想到消失的妈妈和被黑衣人伤害的爸爸，不甘心的特蕾娅想杀了他们的心都有，她紧握着拳头不住地颤抖。"你们这些浑蛋，以为这样就能让我屈服？休想！"特蕾娅一扬手，将手中的沙土尽数朝为首的黑衣人的眼睛撒去，站起来就要逃跑。为首的黑衣人忙用衣服挡住眼睛，另两位黑衣人见状，握紧魔法棒就要结束她的性命，看着他们的魔法棒冒起浅蓝色的火花，特蕾娅的眼底尽是害怕，整个人抖得好像风中落叶。

就在他们念出咒语的瞬间，一辆敞篷跑车从巷口急驰而过，一名少年从上面飞身跃下，就势滚入巷子，掏出魔法棒指向三名黑衣人。毫无防备的黑衣人像遭受到电击般一下弹飞出去，向后摔到不远处的地上。当看清来人的样子，特蕾娅感动地鼻腔里泛起酸意，忍不住叫出声："莱茵奥特！"他已经是第二次救她了！看到他来了，特蕾娅安心了不少。

莱茵奥特快步上前，伸出一只手将她扶起来，然后转身看向倒在地上的几个人。那几名黑衣人看到突然出现的莱茵奥特，似乎认出来人，吃惊地脱口而出："莱、莱茵奥特殿

第三章
塔拉公主的阴谋

下?"莱茵奥特冷冽的目光从他们身上一一扫过,用魔法棒在自己肩头一点,沾满灰尘的黑风衣瞬间又恢复了崭新。"原来是你们,是谁叫你们来的?"

"我们不能泄露委托人的信息,即使是莱茵奥特殿下,我们也不能说。"为首的黑衣人拒绝回答。

"你们最好老实告诉我,不然,我一样可以用吐真言咒语逼你们说出真相!"莱茵奥特沉着脸,冷冷地看着他们。莱茵奥特的威胁起了作用,另两个同伙犹豫地看向他们的头儿,为首的黑衣人脸上露出为难的神色,没过多久,他徒然地低下了头说:"是塔拉公主派我们来的。"

"什、什么?塔拉公主?"莱茵奥特听到这个消息着实吃了一惊,有些不相信这样的真相。特蕾娅抚着胸口抬头看向莱茵奥特。"塔拉公主是谁?"莱茵奥特似乎不忍告诉她真相,迟疑片刻才解释道:"她是叶塞尼娅女王的二女儿,也就是你的姐姐。"在莱茵奥特几句简单介绍下,特蕾娅的脑海中很快描绘出了这个素未谋面的亲人的大致形象:塔拉公主比她大两岁,黑发黑眼,有着象牙色的皮肤,年纪不大却是皇族中的交际圈名人,在宫廷有着很大的影响力。她酷爱打扮,走到哪儿都披着母亲送给她的银色大氅,看上去显得那样雍容华贵。在皇族与千万国民们眼中,塔拉公主是最有可能接替叶塞尼娅成为下一任女王的人选。可是,这样一位有声望、有地位的公主为何要在意一个远在千里之外的毫无权势的她呢?

"我们从来没有见过面,又生活在不同的世界,她为什么

要害我?"特蕾娅不解地问。直到现在,她才明白原来所有的一切都是素未谋面的塔拉公主搞出来的!

"这就需要他们来回答了。"莱茵奥特看向为首的黑衣人。黑衣人知道无法搪塞这个问题,只得老实地回答:"这一切都是塔拉公主的安排。塔拉公主说特蕾娅公主流落在外多年,是否是皇室血统还存在质疑,她不允许一个从未谋面的所谓的公主令塞尔西亚国的声誉受损。所以塔拉公主秘密派我们来解决这个问题,让所有的流言蜚语从此消失。"

"据我所知,叶塞尼娅女王从不惧怕什么流言蜚语,塔拉公主就那么害怕传言变成事实吗?她担心的恐怕不仅仅是这个吧?"莱茵奥特冷哼。黑衣人想隐藏的内容被莱茵奥特一言戳中,他咬了咬牙,只得全盘托出:"是,塔拉公主掌握着皇室权力,她担心特蕾娅公主的存在有一天会威胁到她继承王位,她不希望特蕾娅公主活在这个世上。"

"所以,她派你们来杀我吗?那你们可以冲我来,为什么要伤害我的家人?"特蕾娅激动地大声叫道。一提到这个,特蕾娅的情绪就有些失控,看到她强忍悲伤的样子,莱茵奥特伸手搂住她肩头轻轻拍了一下。"我们并没有杀他们,本想抓他们回去向塔拉公主交差,但是他们为了守住你的秘密不肯合作,我们只能出手。这一切都是特蕾娅公主你造成的!"

"胡说!如果不是你们逼他们,他们也不会那样做!"特蕾娅气得浑身发抖,声音也微微颤抖。黑衣人还要说什么,莱茵奥特厉声喝止:"够了!到此为止吧。请你们回去告诉塔拉

第三章 塔拉公主的阴谋

公主,今后特蕾娅公主的安全由我莱茵奥特负责。她若想一意孤行,尽管放马过来,我会在这里恭候!"

黑衣人半信半疑地相互对视,没想到莱茵奥特竟然会放过他们,他们慌忙从地上站起来,匆匆离去。危机解除后特蕾娅终于放松下来,疲倦的她再也坚持不住了,手抚着额头有些晕眩。"我们找个地方坐坐吧?"莱茵奥特轻声建议,扭头看向四周,不见咻咻的身影,不远处的垃圾堆里传来挣扎的动静。"咻咻!"莱茵奥特用魔法棒一点,金黄色的袖珍猫被蓝色的光芒包围着飞出垃圾堆,落回到他的肩头。

几分钟后,他们来到一家很不起眼的冷饮店,冷清的店里没有一位客人,他们选择了一个最靠里的靠窗位置坐了下来。店主送上冷饮后就缩回到柜台后面继续呼呼大睡。刚刚失去双亲的特蕾娅情绪很低落,低垂着头一句话也不想说。莱茵奥特将一杯彩虹沙冰推到她面前:"我知道这一切对你来说发生得太过突然,一时接受不了我能理解。但是,所有的一切都是事实,你的确是塞尔西亚国的继承人特蕾娅公主。"

"那,为什么我会在这里?"特蕾娅低低地开了口。特蕾娅对面前香气诱人的彩虹沙冰一点儿也提不起精神,倒是咻咻对人类世界的美食着魔般地喜欢,它小心地瞄着正在谈话的两个人,然后偷偷地靠近杯子,抱住杯子一口口地从吸管里吸着沙冰,喝得不亦乐乎。

"在我们魔法王国有个传统习俗。所有的公主从出生之日起就要被送到人间生活,这个阶段被称之为磨炼期。直到十六岁

成年,公主才能回到自己的国度。为了能让公主尽快适应魔法世界的生活,各国的使臣通常在公主很小的时候就开始向公主教授魔法课程。而你是个例外。我并不知道叶塞尼娅女王是如何打算的,所有被送往人类世界的公主的资料都有专门机构登记在册,而你的资料却是个空白。叶塞尼娅女王将你在人类世界的所有资料都抹去了,似乎并不想让别人知道你的存在。"

"那叶塞尼娅女王为什么不来找我?我从不知道她的存在!难道别的国家的女王从不看望远在人间的孩子吗?"特蕾娅对叶塞尼娅女王的做法感到难以理解,语气中带着几分埋怨。

"我猜她不想泄露你的行踪是不想让别人发现你的存在。半年之前,叶塞尼娅女王突然找到我,恳请我担任你的骑士。她为了你曾五次三番地来找我,我被她的诚意所打动,与她签订了契约。就在半个月前,我突然接到叶塞尼娅女王的急讯,我连夜出发,按照她当时留给我的信息这才找到了你。"莱茵奥特掏出叶塞尼娅女王的手书放在特蕾娅面前。

"这是她当时留给你的手书,看一下吧。"莱茵奥特沉静地点了下头。

特蕾娅缓缓看向面前的信件,这是她未曾谋面的亲生母亲的来信,她拿起来展开信纸,出现在自己面前的分明是张白纸,但是很快,上面隐现出一行行火焰般的文字,整张信上都跳跃着充满生命力的火苗。"我亲爱的孩子,希望这封信能让你知道,我爱你。也许你会认为我是个不负责任的母亲,从未

第三章
塔拉公主的阴谋

出现在你身边一天。我想告诉你,我只有这样,才能更好地保护你,或许等你长大后就会慢慢理解母亲的苦衷。莱茵奥特殿下是我为你精心挑选的骑士,他会代替母亲陪在你身边照顾你、保护你。希望你尽快成长起来,勇敢地肩负起公主的使命,塞尔西亚国的未来就拜托给你了!永远爱你的母亲叶塞尼娅。"

等她看完最后一个字,信上的火焰般的文字奇迹般地消失了,又变成一片空白。

"她真是我的母亲吗?我连她长什么样子都不知道,这是她留给我的唯一的信物。"特蕾娅心情低落地轻语。"叶塞尼娅女王还托我将咻咻转交给你,从今以后,它就是你的宠兽,可以视为行走的耳目。"莱茵奥特将肩头的金黄色袖珍猫托在手掌中递给特蕾娅。

咻咻把头缩进身体里,不高兴地叽咕叽咕直叫。"咻咻不需要主人,咻咻自由自在惯了,咻咻不喜欢过被拘束的生活。"

咦?这个声音……好耳熟啊,好像不止一次在她耳边出现过。特蕾娅好奇地睁大眼,满脸惊奇地望着莱茵奥特手中动来动去的金黄色绒球,"好有趣的小东西啊!原来是它一直在跟我说话。""每位公主都喜欢领养宠兽,这是叶塞尼娅女王特意为你挑选的。宠兽的天性就是喜欢依赖在人身边生活,而这只咻咻却是个例外,偏偏讨厌被人奴役,动不动就闹独立,这也许就是叶塞尼娅女王挑中它的原因之一吧。"莱茵奥特微微

一笑,"你只要把自己的鲜血滴在宠兽身上,它便一生一世都不会离开你了。这就是公主与宠兽之间达成契约的方式。"

"哇!不要对我做那么恶心的事!咘咘不愿意!"咘咘不情愿地大声抗议,跳起来就要开溜。莱茵奥特抢先一步捏住了它的小尾巴,拎到空中。咘咘拼命地挣扎,不停地挥舞着四肢哇哇大叫。特蕾娅按莱茵奥特所说,用牙咬破手指,将鲜血滴在了宠兽身上。咘咘像是受到了沉重的打击,抱着脑袋缩成一团,忍不住捶胸顿足地大叫:"奇耻大辱啊,我以后怎么见人啊,不要啊!"

特蕾娅一下就喜欢上了这个有脾气有骨气的小东西,她把咘咘托在手中,抚摸着它的毛皮轻声安抚道:"放心吧,我会好好照顾你的,保证以后你每天都能吃到美味的沙冰!"咘咘顿时停止了哭声,抬起头,骨碌碌转动着一双乌黑大眼看向特蕾娅。特蕾娅保证似的点了点头,咘咘的小脸立刻由阴转晴,乐颠颠地跳到她的肩头,快活地晃动小尾巴。"好吧,那我就勉为其难地承认你是我的主人好了。不过你要对我好点儿,不然我随时会寻找新的主人哦!"咘咘抬起猫爪冲特蕾娅晃了晃,特蕾娅终于露出一丝笑容,伸出一根手指与猫爪相碰,算是达成了约定。咘咘的出现冲淡了特蕾娅心中的悲伤,也为她带来一丝安慰。从这一刻起,她的生活将发生天翻地覆的变化,从一名普通人变成有皇室血统的魔法公主。

第四章
魔术发烧友

他伸出手在空中晃了一下,"啪"地打了个响指,手指尖幻影般现出一簇火苗,无论他的手指怎么晃动,那簇火苗都如影随形,如有生命一般。

虽然从莱茵奥特那里知道了自己的身世，但特蕾娅还是对自己突然多出来的新身份感到半信半疑，一时还有些不大适应。"今天太晚了，你该好好休息一下，原来的住处已经不能再住了，我需要为你安排新的住处。"莱茵奥特正要向特蕾娅汇报接下来的安排，她默默地摇了摇头。"谢谢你，我相信我的好朋友布雷可以帮助我，他那儿房间多，我可以去他那里借住。"满脸疲惫的特蕾娅轻声说道，她太累了，双亲的离世犹如巨石沉沉地压在她心上，让她一点儿也打不起精神来。

"好吧，我原本想安排你去我朋友那里，既然你有打算，那我们就动身吧。"莱茵奥特打消了要为她安排住处的念头，准备起身离开。特蕾娅的好朋友布雷住在远离市中心的偏僻郊区，她领着莱茵奥特乘最后一班地铁跨越五个街区，又步行穿过行人稀少的小巷，最后拐进了一条阴暗老旧的街道。这一带是曾经繁华后来又一度没落的老城区，昏黄的街灯忽明忽暗。道路两侧的梧桐树的枝丫张牙舞爪地招摇着，仿佛等待觅食的怪兽伸出了长长的触手，给青石板小道上投射下一道道黝黑的暗影。走在这样一条有着百年历史的空荡荡的街道上，特

第四章
魔术发烧友

蕾娅觉得浑身莫名发冷,总担心某个黑暗角落里躲藏着的黑衣人正虎视眈眈地盯着自己。

他们要去的布雷家就在这条街道上,那是一座年代久远的四层小楼。

"布雷是我的铁哥们儿,我们从幼儿园时就认识了。小时候,不知为什么,我能看到一些令人匪夷所思的事物,为此妈妈常常数落我。周围的朋友都说我是个怪人,对我敬而远之,只有布雷把我当好哥们儿,有什么好东西都拿来跟我分享。如果说在这个世界上除了父母还有谁可以信任,那就是他!布雷喜欢研究一些稀奇古怪的东西,他的梦想是成为一名伟大的魔术师。"特蕾娅边走边向莱茵奥特介绍自己的好朋友,很快就来到了一扇巨大的铁艺大门前。莱茵奥特透过锈迹斑斑的铁艺大门望进去,看到一座典型的哥特风格的别墅,高耸的尖塔黑压压地直刺墨色天幕,一扇扇嵌着彩色玻璃的落地长窗蒙着厚厚的灰尘,只能隐约透出朦胧的光。由于建筑年代久远,巨大的石柱和墙体在风雨侵袭下出现了大面积的龟裂、剥落,好似暮年老者脸上生出的一块块难看的黑斑。庭院里由于久未打理,到处长满了杂草和不知名的灌木,几乎连进去的小路都遮挡住了。要不是看到从窗口透出的光,莱茵奥特还以为这是幢空屋呢。

"阿嚏!这里又脏又乱,在这儿住的人肯定是个邋遢鬼!"咘咘从特蕾娅的背包里探出头,伸长脖子打量四周,皱着眉头哼道。莱茵奥特客观地评价道:"这座古宅似乎是这一

带最古老的建筑，至少有百年的历史了。看得出来建造房屋的主人非常富有，而且有品位，如今被这样废弃真是很可惜。"

"恐怕没人知道它的历史到底有多久，这座古宅几经转手，直到被做生意的布雷父亲在去年购置下来。布雷很喜欢这里，住进来还不到一年呢。"特蕾娅用力拍了拍铁门上的大铁环，发出"铛铛"的金属敲击声。等了一会儿不见有人来开门，特蕾娅索性推开门径自走了进去，穿过及膝的杂草来到房门前。伙伴们一踏上台阶，就听见门缝里飘出的震耳欲聋的摇滚音乐，其中还伴随着某个人歇斯底里的狂吼。

特蕾娅用拳头重重地砸向房门，刺耳的嘈杂音乐顷刻间戛然而止，"吱呀"！大门被人拉开，一个男孩出现在门口。

他有着红色的绵羊般的卷发，圆胖胖的脸蛋上和鼻头上长着可爱的雀斑，穿着唐老鸭图案的浅黄色睡衣，头上还戴着一副夸张又酷炫的无线耳麦。一看到特蕾娅，他咧着嘴巴兴奋地大叫："嗨！怎么是你？真是太让我惊喜了！"

"布雷，要是给你添了麻烦我很抱歉。"特蕾娅从好友热情的笑容中感受到些许安慰，脸上露出淡淡的微笑。"嗨，等等，你什么时候变得跟我这么客气了？"布雷突然发现特蕾娅今天有点儿异样，摸着下巴看着她上上下下一番打量，很快看出问题，"为什么你看上去这么疲倦，出了什么事？"

特蕾娅勉强挤出一丝笑容，带着歉意的口吻说道："布雷，我的父母出事了，现在我无家可归，嗯，我、我可以在你这里借住一宿吗？"布雷吃惊地张大嘴巴，愣愣地瞪着特

第四章
魔术发烧友

蕾娅,似乎没想到特蕾娅家里出了这么大的事,而他竟然毫不知情。他愣了片刻忙不迭地点头,热络地拉着特蕾娅的手往屋里拽,嘴巴不停地念叨:"快进来!我们可是多年的好朋友了,跟我客气什么?放心吧!你想住多久就住多久,这里我说了算!刚好我研究出一套新的魔术道具,你来帮我看看!"布雷刚要关门,突然一只手伸进来按住门,布雷吓了一跳,这才发现门外还站着一个陌生的少年,显然是跟着特蕾娅一起来的。

"等等,这家伙是谁?"布雷手指着门外,愣愣地扭头看向特蕾娅。

"忘了向你介绍,他是我的……朋友,你可以叫他莱茵奥特。"特蕾娅将莱茵奥特介绍给布雷,然后又转向莱茵奥特说,"他就是我的好朋友布雷,是个爱帮助人的热心肠。"莱茵奥特很绅士地向布雷点头致意。布雷冲着莱茵奥特看了又看,有点儿看不惯地小声嘀咕:"奇怪,你什么时候交了这么一个朋友?我怎么不知道?虽然人长得稍微帅了那么一点点,不过我一向对帅哥没什么好感,他们肚子里总是藏着很多鬼点子。"

布雷走到厨房为大家准备茶点,特蕾娅转头打量布雷的新家,这里摆放着许多两人高的巨大盆栽,处处可见绿油油的叶子,就连屋顶也垂下来许多藤蔓植物的长须。偏偏布雷喜欢收集各种稀奇古怪的玩意儿,墙上挂着某个偏远部族的怪兽面具,盆栽旁摆着神秘的巨石像,还有某个东方古国流传下来

的青铜器长明灯立在藤制座椅旁边，这些东西摆在这里竟毫无违和感。特蕾娅站在这里恍然有种置身于远离尘嚣的深山古林中的感觉。布雷端着托盘从厨房里走出来，上面放着三杯速溶果汁："快坐呀，在我这里不用客气，就当是在自己家好了。"

"这里没有其他人吗？你爸爸呢？"特蕾娅奇怪地问，从进门到现在，除了布雷再没看到其他人。布雷把托盘放在石制茶几上，不满地抱怨道："他常年在外面奔波，才没空管我呢，这里只有我一个人住。我只整理了客厅和书房，楼上很多房间都没有打扫，你们喜欢住哪间随便挑，不过需要你们自己动手打扫哦！"

咻咻跳到茶几上眼馋地盯着那几杯果汁，再也挪不开步子了。特蕾娅在藤椅上坐下来，把一杯果汁推到咻咻面前，它欣喜地跳到杯子上把头探进杯中，伸出细长的小舌头贪婪地舔着杯中的果汁。布雷蹲在特蕾娅旁边，关心地问："喂，到底发生了什么事？你父母怎么了？"

"这件事连我都觉得有些匪夷所思，你相信世界上除了我们所看到的这个世界外还有另一个魔法世界存在吗？"特蕾娅抱着自己，很没精神地靠向藤椅椅背，心事重重地问了一句。没等布雷说话，她便将今天发生的种种不可思议的事情通通讲了出来，从放学遇袭到被三名黑衣人堵在小巷里，再到亲眼目睹父亲被袭击。布雷一脸惊疑地瞧着特蕾娅，不确定她是在讲一件真实发生的事情，还是在编造一个离奇曲折的故事。莱茵

第四章
魔术发烧友

奥特没有打扰他们,一个人背着手细细打量着这个住所的每个角落,最后他停在一面刻有浮雕的墙壁前,眼睛直直地盯着那幅画,露出困惑不解的神色。

"喂喂喂,怎么可能会存在魔法世界?你在考验我的智商吗?"特蕾娅刚说完自己的故事,布雷便难以置信地叫起来,"根据我多年的研究,所有的魔术都是障眼法,你不能因为父母的事情伤心过度,就相信了那些无稽之谈啊!""我知道这件事很难让人相信,可是这都是我亲眼目睹的,绝不是障眼法!那些黑衣人向我追来的时候,为什么酒吧里明明有那么多人却谁也看不见他们!"特蕾娅见布雷竟然不相信自己所说的,激动地挥舞着手臂向他陈述事实。

布雷捂着乱糟糟的脑袋胡乱地低叫:"不、不!这不可能是真的!一定是哪里出了问题让你产生了误解!对了,我会向你证明,你等我一下!"布雷想起什么,站起来要走,无意间看见莱茵奥特冲着墙上那面浮雕挥动着魔法棒,也不知在搞什么名堂,跑出几步的布雷忍不住冲那边叫了一声,"那个……什么奥特先生,你最好离那面墙远点儿,这座房屋里每块墙都是古迹!十分珍贵!"

不一会儿,楼梯处又响起了急促的脚步声,布雷风似的从上面跑了下来。他身上的睡衣换成了电影里常见的黑色魔法长袍,头上戴着印有黄色星星的尖帽,手中还拿着一根魔法棒。他走到特蕾娅面前像演员似的冲她鞠了一躬,俨然一副大魔术师的模样。"现在,我就向你展示一下所谓的魔术,好好给你

这个魔术白痴科普一下。"

他伸出手在空中晃了一下，"啪"地打了个响指，手指尖幻影般现出一簇火苗，无论他的手指怎么晃动，那簇火苗都如影随形，如有生命一般。

特蕾娅一下坐直身子，惊讶地盯着布雷手中的火苗，不敢置信地问："天啊，你怎么做到的？难道你也会魔法？"

布雷颇为得意地扬了扬眉毛，故意卖起关子没有道破。他一拍手，火苗熄灭，两只手中多了一排扑克牌，他的手指不停地晃动，手中接连不断地出现新的扑克牌，扑克牌如雪花般从手中纷纷飘落下来，最后变出一只活蹦乱跳的小白兔。"看到了吧？是不是觉得很神奇？其实这些都是假的，只要提前准备好道具，任何不可思议的事都能变出来。"

"那好吧！你能给我解释一下，他们是怎么用魔法棒将几米外的花瓶击碎的？"特蕾娅按了按发涨的太阳穴，不知怎样说服这个比她还死脑筋的布雷。"喊，这种小事我也能做到！看好了！"布雷不以为然地晃了晃头，举起他的魔术棒朝挂在绿植枝丫上的马灯一点，只见魔术棒的一端闪现出耀眼的亮光，紧接着马灯里倏地亮起一点火光。

"我的老天啊，这简直太神奇了！我从来不知道你还会这个！"特蕾娅着迷地睁大眼睛，发出一声惊呼。

咘咘听到动静扭头望去，好奇地盯着突然亮起来的马灯直瞧，似乎感到十分困惑。布雷越表现越发得意，又将手中的

第四章
魔术发烧友

魔术棒朝不远处的木桶一点,木桶表面"噗"地燃烧起来。

"啊!是真的火!"特蕾娅慌忙看向四周,一眼瞧见盆栽旁边有个灭火器,她飞快地跑过去抄起灭火器,又冲到冒火的木桶旁,迅速拨下保险闩,将灭火器的喷头对准燃烧点按下开关。

"扑哧!"一股浓浓的白色粉尘喷涌而出,眼看着起火点就要被扑灭了。

"别去管它,我还没让你见识最精彩的节目呢!五、四、三……"布雷数着手指开始倒计时,当他说到一的时候,手中的魔术棒朝木桶一点,轰的一声,木桶应声炸裂。特蕾娅惊奇地看着炸成两半的木桶,不敢相信地吸了口气:"布雷,你的表现真是让我刮目相看,你什么时候变得这么厉害了?"在她的印象中,布雷从小就爱鼓捣稀奇古怪的东西,是个不务正业的怪小子,大人们常常用走火入魔来形容他。没想到如今,当年走火入魔的怪小子变得如此厉害!

布雷对自己的杰作颇为得意,背着手拖长声音问道:"这有什么?这些不过是小儿科罢了,更厉害的招式我还没有亮出来呢。我不过是想用事实证明,世界上根本没有魔法世界,更没有什么所谓的魔法,所有的魔法都是用道具做出来的!"

"可是,为什么那个黑巫师能控制我的身体?"特蕾娅见布雷说得这般肯定,不解地问。

布雷背着手在茶几前走来走去,学着大侦探的模样沉思片

刻,很快想到了答案,他停下脚步自信地分析起来:"要做到这点其实很容易。那个黑巫师可能是在她的手头涂了什么类似于迷魂药之类的东西,然后近距离站在你面前,你就会被她手中的药水迷惑住。现在很多拐孩子的坏蛋就是用某种迷药控制孩子,让孩子乖乖地按他们所说的去做。道理都是一样的!所以说,不要相信那些人的鬼话,你不过是被他们的障眼法给骗了!"一提到魔术,布雷格外来劲儿,活像站在广场前发表演说的大演讲家,口若悬河,滔滔不绝。"我可是研究过好几年的魔术道具,光我自己就制作了很多道具呢。很多魔术师的把戏都被我破解了,除了最著名的魔术大师格格巫,他那铁笼海底大变活人的魔术直到现在都是一个解不开的谜!他的魔术简直完美到无懈可击的地步,从来没有人能破解他的魔术!很多魔术大师都曾反复研究他的魔术录像,最后都不得不承认,格格巫的魔术几乎称得上毫无破绽!"

特蕾娅无论说什么都无法说服布雷,不免有些泄气地耸了耸肩:"好吧,我知道你很难相信我说的话。"

"不是我不相信,而是事实就是如此,说有魔法世界的人一定是在骗你!他是个大骗子!"布雷晃着手指,信誓旦旦地断言。茶几上的咔咔大有意见地瞪着布雷,而旁边的莱茵奥特懒得跟布雷理论,掏出魔法棒朝地上破碎的木桶一点,原本已经熄灭的木桶冒出一缕白烟,"噗"地一下重新复燃。

"咦?怎么又烧起来了!"布雷看到木桶那边冒出火

第四章
魔术发烧友

苗,脸上露出意外的神情,忙拿起灭火器跑过去灭火。不料,直到灭火器粉末用尽,那簇火苗也没有熄灭。"我来帮你!"特蕾娅可不想引起一场火灾,赶紧提起花盆旁边的一桶水往火苗上浇下去,接着又搬起一盆腐殖土倒下去,但还是无济于事。布雷抄起棒球棍对着火苗一通猛砸,又跳上去用脚踩了又踩,不料,火苗仍然顽强地燃烧着,布雷气得火冒三丈:"见鬼,为什么还灭不掉啊!"

特蕾娅看到这情形,思忖着扭头看向莱茵奥特,莫非是他干的?莱茵奥特抱着双臂,装作什么也没有看到似的把头转向另一边,摆出一副跟我无关的模样。咝咝坏笑着跳到特蕾娅肩头,在她耳边叽咕叽咕地说:"他不是不相信世上有魔法吗?这回让他见识一下什么叫魔法,嘿嘿!"

莱茵奥特慢条斯理地说了一句:"哪里用得着那么麻烦?向它道个歉自然就灭了。"正在气头上的布雷指着自己的鼻子,气呼呼地冲莱茵奥特大叫:"你说什么鬼话?我看起来像白痴吗?像白痴吗?我跟它说对不起就能……"对不起三个字刚说出口,火苗忽地一晃,无声地熄灭了。话还没说完的布雷突然收住声,愣愣地看着火苗消失的地方不停地眨眼,一副活见鬼的模样。特蕾娅注意到莱茵奥特的肩头抖了一下,似乎正极力忍着坏笑。这时,布雷很没面子地转向莱茵奥特,赌气地说道:"哼!不过是凑巧而已!"

莱茵奥特转向特蕾娅微微倾了下身,"特蕾娅,太晚

了,我陪你上楼休息吧?"特蕾娅点点头,跟布雷道过晚安,朝楼上走去。

布雷冲到楼梯口挥舞着双臂,气呼呼地朝上面喊道:"喂,你这个花言巧语的大骗子!"

第五章
藏于暗处的1408号

裂缝两边的墙壁变成了无数会活动的小方格,随着一阵喊里咔嚓的声响,那些方格犹如相互咬合的机器齿轮般向两边折叠滚动。转眼间,1407号门和1409号门中间多了一扇雕刻着神秘图腾的金属门。

　　柔和的月光透过窗户照进室内，一抹身影倒映在窗前。特蕾娅抱着膝盖坐在窗前的地上，仰望着高空中那轮圆月，眼中满是抹不尽的浓浓悲伤。短短一天时间，她的生活发生了太多不可思议的事，陪伴了她十几年的双亲也离开了她，所有的一切都让她感到做梦般的不真实。尽管布雷从魔术的角度将所有不可思议的事情一一推翻，但她依然相信魔法世界是有可能存在的。莱茵奥特不就是活生生的例子吗？当踏进这间被尘封几十年的客房时，他当着她的面用魔法棒在空中一划，凌乱的家具就像有生命似的在空中飞来飞去，各自回归原位，转眼间整个屋子焕然一新。"妈妈，爸爸，我该怎么办？"伤心的特蕾娅终于抵不住困意的袭击，歪靠着椅子沉沉睡去，嘴里发出一声呓语。

　　咘咘从特蕾娅身上骨碌碌滚下来，钻出虚掩的门来到走廊里。莱茵奥特在外面抱着双臂静静地倚靠着墙壁。"她睡了？"咘咘难过地吸了吸鼻子，嘤嘤低语："特蕾娅公主好可怜，一下失去了两位亲人，为什么好人总是多灾多难？""欲戴王冠，必承其重。这是身为公主的她必须要承受的苦难。"

第五章
藏于暗处的1408号

莱茵奥特说完，转身朝外走去。

"噔噔噔……"第二天天刚亮，楼梯处便传来一阵脚步声，恢复了精神的特蕾娅从上面走了下来。"布雷？你怎么这副鬼样子？"特蕾娅看到坐在餐桌前发呆的布雷，一下叫起来。布雷昨晚似乎没睡好，头发乱糟糟的，眼睛又黑又肿，一副精神不济的萎靡相。布雷小心地朝特蕾娅身后看去，见莱茵奥特没有跟上来，忙把特蕾娅拉到一旁，压低声音问道："你快告诉我，那个莱茵奥特是干什么的？"布雷满脸戒备地瞄着屋子各处，似乎在提防什么。

"不是和你说过了吗？怎么了？"特蕾娅莫名其妙地看着布雷。

布雷拍着胸脯释然地松了口气，低头琢磨一会儿，猛然间想到什么，狂喜地大叫："啊！我知道了！莱茵奥特是个手段高明的魔术师！没错，我记得他上楼时冲我做了个奇怪的动作，然后我就……厉害呀！居然能趁别人不备的时候完成这么复杂的魔术！"布雷像打了鸡血似的兴冲冲地跑去准备早餐，激动地喋喋不休地说："我要向他拜师！我昨天研究了一晚上也没有发现破绽，他绝对称得上高级魔术师！"

"吱呀"！房门被人推开了，莱茵奥特从外面走进来，将怀里的大纸袋放到餐桌上。"让你们久等了。"

"莱茵奥特，你去哪儿了？"特蕾娅奇怪地打开纸袋一看，里面装满了包装精美的食物。"咘咘最爱美食，这些都是我的啦！"咘咘叽咕叽咕地叫着，兴奋地一头扎进纸袋里，埋

头翻找起自己喜欢吃的食物,还不时地将食物一一抛出。布雷积极地将装有剥好的鸡蛋和冲好的麦片粥的托盘推到莱茵奥特面前,讨好地笑道:"莱茵奥特老师,这是我帮您准备的早餐!"

"谢谢,我不吃人类的食物。"莱茵奥特客气地点头婉拒,背着手站在特蕾娅身旁,"我昨晚去调查了你养父母的下落,没有发现亚德的尸体,我从监控录像里也没有发现伊美尔达受伤的痕迹,我怀疑他们都还活着。""真的吗?可是他们为什么不来找我呢?"莱茵奥特的判断让特蕾娅看到了一丝希望,不敢置信地望着他,激动的声音微微颤抖。

"也许他们遇到了难处,或是还有别的什么原因使他们不能马上见你,我想多等几天应该会有结果。"莱茵奥特沉静地说道。布雷不死心地从冰箱里取出一大盒自己收藏的巧克力,殷勤地捧到莱茵奥特面前,咧着嘴巴讨好道:"莱茵奥特老师,您昨天那招真是太帅了,您能不能教教我魔术呀?"

"不能!"莱茵奥特毫不客气地一口拒绝。布雷碰了一鼻子灰,悻悻地摸着鼻子退回到座位上。特蕾娅悄悄拉了拉莱茵奥特的衣角,给他递了个"不要这样"的眼神。莱茵奥特扯了下嘴角,依然无动于衷地答道:"抱歉,特蕾娅公主。我不会魔术。早饭过后,我要带你去一个地方。"

"去哪儿?"特蕾娅不解地问。

一转出暗角巷,特蕾娅就看见一座纯白色的庞大建筑气势恢宏地矗立在正前方,一字排开的巨大的石柱,精美华丽的装

第五章 藏于暗处的1408号

饰浮雕，以及廊前两列高大的神兽雕像，处处透着庄严而又神秘的气息。在金色阳光的照射下，通体白色的建筑如同沐浴在神光之下，被周围灰暗的背景衬托得格外醒目，令人有种难以名状的神圣感。

此刻，不断有前来办事的人在高大的廊柱下进进出出。咦？特蕾娅正暗自奇怪莱茵奥特为什么要带她来这里，突然心头涌起一种强烈的感觉，好像有人在背后偷窥他们，她忍不住回头看向身后。就在特蕾娅回头的时候，一道可疑的身影倏地从不远处的墙角一闪而过。"奇怪，难道是我的错觉？怎么觉得好像有人在跟着我们？"特蕾娅困惑地挠着头，又将头转了回去。"如今你的身份已经暴露，必定会吸引一些宵小之徒闻风而来伺机而动，我们要时刻小心。走吧，白天办事的人多，恐怕我们要等上好一阵子了。"莱茵奥特回头看了一眼，领着特蕾娅朝对面的庞大建筑走去。

布雷用手按着胸口，身体紧紧贴着墙壁长呼了口气："好险呀！差点儿就被他们发现了，幸好我机灵闪得快！"虽然莱茵奥特当面拒绝了他，不过布雷可不是一个轻易打退堂鼓的人，好不容易碰到一个手法高明的魔术师，他可不想就这样放过机会。他很想搞清楚他们在搞什么名堂，那个神秘的莱茵奥特到底要把特蕾娅带去哪儿。等了一会儿，布雷小心翼翼地把头探出墙角张望，这一看，他顿时傻了眼，刚才还在的目标竟然不见了！"咦？他们哪儿去了？"布雷飞快地冲到他们先前站立的地方，伸长脖子东张西望，到处是行色匆匆的行人，

哪里还有特蕾娅和莱茵奥特的身影？

布雷只顾着留意街上来往的行人，却没有注意到马路的对面，莱茵奥特正领着特蕾娅登上高高的台阶，往里走去。跟在后面的特蕾娅经过巨型石柱时抬头向上望去，这才深切地体会到这幢古老建筑有多高，人站在下面如同蚂蚁般渺小。特蕾娅进入宽敞明亮的大厅，一眼就看见正对着门口的一排柜台，工作人员穿着统一的制服坐在高高的柜台后面，一丝不苟地处理着手中的事务，所有办事的客户都自发地在柜台前排成一列耐心等候，无人吵闹，无人喧哗，一切显得那样井然有序。眼前的情形令特蕾娅隐隐地觉得这里的办事大厅似乎与别的地方有些不同。

莱茵奥特带着特蕾娅排到一支人数较少的队伍后面，特蕾娅看了周围一眼，小声问道："这个古灵阁不是银行吗？我们来这里做什么？"莱茵奥特低声答道："古灵阁是我们自己人设在人类世界的银行，除了银钱往来业务之外还提供出租保险柜业务，叶塞尼娅女王曾在这里租了一个保险柜，她在里面留了些东西，是给你的。"

"下一个！"一个古怪刻板的声音从高高的柜台后面传出来。

轮到他们了，莱茵奥特将一枚精美的花形项坠递了上去："我要取1408号保险箱的东西。"

"1408号保险箱属于特级VIP（高级）级别，请问你们与客户什么关系？"工作人员倾过上半身，把头伸出柜台，冲着

第五章
藏于暗处的1408号

他们仔仔细细地审查，眼中闪着精明与警惕的光。莱茵奥特向身边的特蕾娅示意："这位是叶塞尼娅女王的女儿，我是她的骑士莱茵奥特。契约书早在一个月前就递送这里报备过了。"

"噢噢，我想起来了！是有这么一回事！"工作人员好奇地冲特蕾娅看了两眼，退回柜台后面开始处理事务。特蕾娅好奇地踮起脚尖，伸着脖子往上看，只见工作人员从抽屉里翻出一张印鉴，与莱茵奥特交上去的花形项坠认真比对，核对无误后，确定地点点头："没错，是叶塞尼娅女王的印鉴，请稍等，我这就派人为你们引路。"说完，工作人员拿起面前的小锤敲向台灯旁边的银铃，"叮"，一声清脆的铃音响过，一位身穿黑色燕尾服的服务生快步跑到柜台前。工作人员将一把标有1408号的钥匙交给他，吩咐道："请带这两位客人去1408号保险箱。"

服务生转向特蕾娅和莱茵奥特优雅地鞠躬，做了个请的手势。"两位请随我来。"说完，转身朝大厅一侧的电梯走去。特蕾娅他们跟着进入特级VIP贵宾专用电梯，并在座位上坐了下来。电梯门一关，便开始向下沉去。特蕾娅注意到电梯上的数字在急速变化，"哐当"！脚下的地板猛地一晃，电梯门打开，他们随着座位一起沿着轨道滑了出去。特蕾娅惊奇地发现，他们乘坐的座位竟然变成了矿洞里的小滑车。一冲出电梯，巨大壮观的柱形天井赫然出现在他们面前。天井的中间由数条巨大的机械轨道和管状的传送带组成，墙壁四周排列着数不清的金属门，每扇门上都刻着奇怪的符号与数字。特蕾娅抬

头望了望几十米高的井台,又低头向井底俯视,巨大的钢铁架随着一排排小灯不断伸向黑暗尽头,巨大的落差简直令人头晕目眩。特蕾娅没想到银行的地下居然还有这样一座庞大的钢铁建筑,心头一震。他们乘小滑车沿着螺旋状的轨道向下快速滑行,犹如坐上了过山车般,耳边是呼啸的风声。越往下走,可见度也越低,只能靠挂在墙上的马灯散发出的微弱的光提供照明。"哐当"!小滑车从螺旋状轨道拐入了一条直行轨道,猛地刹住了车。服务生从小滑车里走出,体贴地朝特蕾娅伸出手:"我扶您出来,初次来的客户多少都会有些不适应。"

"谢谢,我、我还好。"特蕾娅捂着怦怦乱跳的心脏,有些紧张地说道。一抬起头,特蕾娅被服务生的样子吓了一跳:"啊,你、你的耳朵……"之前还是人类面孔的服务生不知何时变成了另一副模样,清澈湛蓝的宝石般的大眼睛灵活地转动着,一对尖尖的精灵耳,高耸的鼻梁,原来的黑发也变成了罕见的银白色头发,柔顺地披在肩头。更令人吃惊的是他的个子,竟然奇迹般地缩小许多,才跟特蕾娅一般高。

"这里的银行职员都是精灵族人,在外面他们要时刻保持人类的面孔,现在才是他本来的样子。"莱茵奥特在旁边解释道。服务生晃了晃灵活的小尖耳,脸上的笑容更深了。"是的,尊贵的特蕾娅公主殿下,我们族人曾受过叶塞尼娅女王的恩惠,所以1408号保险箱是我们重点照看的对象,我们把它看得比我们的生命还重要。"特蕾娅扶着服务生的手,颤巍巍地踩着滑车的边缘,走上平地。直到这时,她才发现自己的腿

第五章
藏于暗处的1408号

软得几乎快要站不住了,回头望了一眼深不见底的坑,心头一阵后怕。等莱茵奥特走下车,服务员领着他们继续朝前走去,特蕾娅留意着墙壁上的门牌号,1405、1406、1407……走过1407号小门时,服务生停下脚步。特蕾娅以为下面的房间就是他们的保险箱,没想到却看见下一扇门上刻着1409的数字。她停在两扇门中间奇怪地看了又看,手指着门上的号码纳闷儿地问:"为什么没有1408呢?"

"1408属于VIP级别的保险箱,需要重点照看,所以被隐藏起来。除了我们,没人能找到它!"服务生抬起手,用尖利的长指甲在两扇门之间的墙壁上画了一个奇怪的字符,墙壁里隐现出一条裂缝,紧接着裂缝两边的墙壁变成了无数会活动的小方格,随着一阵喊里咔嚓的声响,那些方格犹如相互咬合的机器齿轮般向两边折叠滚动。转眼间,1407号门和1409号门中间多了一扇雕刻着神秘图腾的金属门。眼前的情景令特蕾娅不敢相信地睁大双眼,嘴巴张得几乎能塞下一枚鸡蛋!这一幕绝对比任何一位高级魔术师表演的魔术更精彩、更神奇!

服务生将钥匙插进金属门的锁眼儿中,轻轻一转,沉重的金属门里一下变成了透明色,里面透出朦胧的光。

"请进吧,特蕾娅公主。"服务生按着左胸向特蕾娅低头行礼,并伸手示意她请进。门还没有打开怎么进?特蕾娅半信半疑地伸手去推门,谁知,手掌却没有碰到任何阻碍,径直陷进了朦胧的白光中。她试着探身进去,竟然顺利地进入了门内。

"哇，好神奇啊！"特蕾娅不禁连声赞叹，转头打量室内，只见小小的房间里挂满了大大小小的油画，特蕾娅的视线很快被悬浮在空中的一条项链和一根魔法棒吸引住。她好奇地走过去，将魔法棒拿在手中细细端详，不知这根魔法棒用什么材质做的，通体呈银白色，表面密布着许多精巧繁复的纹路，看上去仿佛是某位艺术大师的心血之作。"听说叶塞尼娅女王的魔法棒是用上古神龙的龙骨制成，威力巨大。她手中曾有大小两根魔法棒，相信你手中这根魔法棒就是她收藏多年的那一根小魔法棒。"莱茵奥特轻声介绍道，他伸手取下空中的项链，亲自为特蕾娅戴上，"这是叶塞尼娅女王留给你的，她希望你能体会到她的一番苦心。"

特蕾娅摸着胸前的红宝石项链，沉默一下，闷声闷气地低语："她从不来看我，也没有陪过我一天，我连她长什么样子都不知道。就算她为我留下一座金山又如何，我需要的她永远也给不了。"特蕾娅鼻腔里涌起微微的酸意，转过身偷偷擦去眼角的泪。她宁可用所有的东西换母亲陪在她身边一天，至少可以抱抱她，说说话，让她知道母亲的存在。看到主人心情不好，咘咘也无精打采地低着头，一副被人抛弃般的可怜样儿。莱茵奥特静静地陪了特蕾娅一会儿，然后取出魔法棒轻点太阳穴，从脑海里勾出一段记忆抛向空中，一位美貌女子的影像浮现在空中。"这就是你母亲，她是我见过的最有胆识且意志坚定的魔法师。"

特蕾娅怔怔地望着母亲的影像，眼底隐现出浅浅的泪

第五章
藏于暗处的1408号

花。"看上去好眼熟啊,好像在哪里见过似的。对了,有次在路边买水果,她就站在旁边一直看着我,还冲我笑……没错!我们见过!原来她来看过我!""可是她怕泄露你的行踪,所以不敢相认,她大概希望你能平安地长大,不被她的盛名所累,也不被那些阴谋者伤害。"在莱茵奥特的安抚下,特蕾娅的心情渐渐好转,感动地点点头。

等他们从里面走出来,候在外面的服务生笑眯眯地抄着手说:"特蕾娅殿下,叶塞尼娅女王离开时曾给您留了一句话,她说无论你遇到什么样的难题都可以打开这个保险箱寻找答案。"

特蕾娅和莱茵奥特乘坐着小滑车返回地面,当他们走出电梯时,银行经理正带着各级别的小头目在电梯旁等候,他亲自将特蕾娅送到银行门口,真诚地说道:"非常感谢特蕾娅殿下的光临,希望我们的服务能让您满意,我们真诚期待您的下一次光临。"

"啊,您、您太客气了,应该是我要谢谢您才对。"银行经理的举动让特蕾娅有些受宠若惊,忙向经理再三鞠躬感谢,小脸火烧般红。莱茵奥特看到特蕾娅一副手足无措的窘态,脸上露出了会心的笑。特蕾娅的身上非但没有半点儿娇纵的公主气,而且还比别的公主多了一份勇敢与坚强,这正是他愿意为之效力的公主类型。

特蕾娅从古灵阁银行出来后心情大好,她难掩激动地对莱茵奥特说:"古灵阁的经理真是太热情了,没想到他们都是伪

装的精灵族人,我好喜欢他们。""那是因为你是叶塞尼娅女王的女儿,所以他们对你格外关照,如果换成其他人就不是这种待遇了。据说古灵阁的精灵最难打交道,待人一向严苛,从不徇私,常常板着一张冷漠无情的脸,而对你则是个例外!"莱茵奥特背着手跟在特蕾娅身后,与她保持一两步的距离。

第六章
隐藏街巷的黑影

流浪汉飞快伸出黑瘦的手指在她手腕上画了道奇怪的字符,就见她的皮肤上出现了一个黑色的图案,只一瞬,黑色图案便像渗进皮肤似的变成了浅浅的印记。

"现在我也有魔法棒了,可是我什么魔法都不会,拿着它也没什么用啊?"特蕾娅抽出衣袖里的魔法棒看了又看,沮丧地叹了口气。"我可以教你一招最简单的招式,如果遇到敌人你可以用魔法棒指着他念:'赫赫巴斯,去!'赫赫巴斯是魔法大陆史上最出色的魔法师,是他创立了魔法体系并将对抗黑暗魔法的方法编著成书,之后所有的魔法都是在赫赫巴斯魔法的基础上演变出来的,所以赫赫巴斯是所有魔法技能的基础。"特蕾娅照着莱茵奥特传授的方法试着挥动了一下魔法棒,谁知什么效果也没有。"这个真有效吗?怎么我念一点儿作用也没有?赫赫巴斯,去!"特蕾娅一连试了好几次,一点儿进展也没有。

"初次使用魔法棒都不会十分顺利,你需要摒弃杂念,集中精神,将魔法棒当成你身体的一部分,再试一次。"莱茵奥特耐心地在旁指导。特蕾娅将魔法棒对准树上垂下来的柳枝又试着念了一次,同时挥动了一下魔法棒,"赫赫巴斯!去!"一道细小的光束从魔法棒里冒出,"嗖"地射向一根柳枝,那根柳枝像被刀子硬生生切断似的掉到了地上。特蕾娅

第六章
隐藏街巷的黑影

没想到这次居然成功了，她兴奋地冲过去捡起地上的柳枝看了又看，嘴巴几乎要咧到耳朵上了。"天哪！这是我做的吗？莱茵奥特，你快看！我真的成功了！"看特蕾娅一脸兴奋的样子仿佛三四岁的孩童初次得到糖果，莱茵奥特勾着嘴角露出宠爱的笑。

"用魔法棒的感觉简直太酷了！你有没有觉得我很帅呢？咘咘，咦？咘咘呢？"特蕾娅正要向咘咘炫耀自己的成绩，谁知一扭头，肩头却是空的，刚才还趴在上面的咘咘不见了！"咘咘！"特蕾娅生怕咘咘遇到危险，忙转身朝四周看去，大声喊着咘咘的名字。就在离他们十几米远的路边水果摊上，一团金黄色的绒球正躲在箱子后面抱着苹果毫不顾形象地大快朵颐，吃得果肉碎屑乱飞。特蕾娅焦急地寻到水果摊前，一眼看见躲在箱子旁边的咘咘，她生气地走过去一把拎起馋嘴猫用力摇晃，手指点着它的脑袋训斥道："咘咘，你再贪吃乱跑，我就把你的嘴巴缠起来，让你永远也吃不了食物！"

咘咘的腮帮子被水果塞得鼓鼓的，怀里紧紧抱着啃剩的苹果核，一副谁抢我跟谁急的霸道嘴脸。这时，一个衣衫褴褛的流浪汉拖着缓慢的步子走过来，晃着脏兮兮的手伸向特蕾娅，声音嘶哑地央求道："好心的女孩，给点儿钱吧。"流浪汉披着破旧的灰斗篷，身材干瘦，一头稻草似的枯发露在帽兜外面，伸出的手犹如鸡爪子般干枯黑瘦，看得特蕾娅身上一阵发冷。

老天！这、这还是人的手吗？特蕾娅的眼睛死死盯着那双

"鸡爪子",心头异常震惊,流浪汉像是很多年没有吃饱饭似的瘦得只剩下了皮包骨。"好的,我只有一点儿零钱哦。"特蕾娅忙从衣服口袋里掏出了几枚硬币,朝流浪汉递过去。"谢谢你,你真是个善良的女孩……"流浪汉沙哑着嗓音低声道谢,微微抬起了头,低垂的帽兜后面隐现出一双泛红的邪恶双目。咘咘不知看到什么,惊恐地倒吸一口冷气,狂颤着身体嘶吼:"小心!"

特蕾娅还没反应过来,那只"鸡爪子"似的手突然闪电般地伸过来,一把抓住她的手。特蕾娅被吓了一跳,对方的手竟如铁钳般扣得她紧紧的,任凭她如何用力也无法挣脱。流浪汉飞快伸出黑瘦的手指在她手腕上画了道奇怪的字符,就见她的皮肤上出现了一个黑色的图案,只一瞬,黑色图案便像渗进皮肤似的变成了浅浅的印记。

这、这是什么?流浪汉在她身上搞什么名堂?特蕾娅猛然意识到这个流浪汉有问题,绝不是一般的流浪汉!她还在挣扎,警觉的莱茵奥特迅速上前一把将特蕾娅从流浪汉身边拉开,抬起手掌猛地击向流浪汉的额头。流浪汉像遭到电击般身体一震,一下子飞了出去,摔到几米外的地方。特蕾娅不安地看着自己的手腕,只觉得被流浪汉握过的地方冷飕飕的,尤其是那块印记就像千年寒冰般时刻散发着凛冽的寒气。莱茵奥特将流浪汉一举击飞后,拉着她转身就跑。事情发生得太快太突然,还没搞清楚状况的特蕾娅被莱茵奥特的举动吓到了,紧张地追问:"发生了什么事?那个流浪汉是怎么回事?"

第六章
隐藏街巷的黑影

"她是黑巫师!从她身上散发出来的那股味道我一辈子也忘不掉,她伪装成人类的模样接近你肯定没好事!"咘咘用嘴咬着特蕾娅的衣领,叽咕叽咕地叫。"宠兽的嗅觉最灵敏,它能在第一时间感知危险,这也是公主们喜欢领养宠兽在身边的原因。我以为那家伙会知难而退,没想到她像臭虫一样,甩都甩不掉。"莱茵奥特拉着特蕾娅往人少僻静的巷子里钻,穿过两条狭窄的巷子后,带着特蕾娅闪到墙后。

"我们甩掉她了吗?"特蕾娅喘着粗气靠着墙壁休息,不安地问道。莱茵奥特拉起她的手看向那个黑色印记,眉头皱了起来,眼神变得如潭水般幽深无比。"这是黑巫师的追踪印记,我们得赶紧想办法去掉它,否则无论我们躲到哪儿她都会追踪而来。"咘咘好像听到什么,警觉地竖起小耳朵,叽咕叽咕地叫起来:"她们追上来了!有好几个人!"特蕾娅的心还没彻底放松下来,又再度绷紧。

特蕾娅紧贴着墙壁,小心地探头向外望了一眼,刚好看见三名披着黑斗篷的巫师骑着扫把从胡同口追出,她们似乎失去了方向,停在空中东张西望。恰好其中一个黑巫师的头朝这边转来,黑洞洞的帽兜正好对着特蕾娅的躲藏处。特蕾娅的心骤然狂跳起来,还没来得及缩回的她一下被莱茵奥特扯了回来。

"情况不妙,我们现在要分头行动了。"他皱着眉头想了想,沉声说道,"你赶紧去第五大道155号找一个叫塔罗的人,叶塞尼娅女王说过,如果我们遇到麻烦就去那里找他。"

"那你呢?"特蕾娅一听要跟他分开,心里顿时慌了。

"我想办法拖住她们为你争取时间。据说那道门每天只在正午开放,你必须赶在中午前赶到那里!快走!"莱茵奥特说完,掏出魔法棒从藏身处走了出去。他抬起魔法棒指向黑巫师,念出一道攻击咒语,其中一名黑巫师被巨大的气浪推了出去,撞到同伴身上,两人一起歪歪斜斜地撞到对面的墙上。莱茵奥特的魔法棒接二连三地放出数道攻击波,另一名黑巫师见状,立即掉转扫把躲开他的攻击,恶狠狠地叫嚣:"又是你这小子碍我们的好事,看来你是活得不耐烦了!"说罢,举起魔法棒甩出一道威力极大的耀眼闪电。莱茵奥特迅速在自己面前结了道安全屏障,挡住了袭来的数道闪电,但也被巨大的推力推得向后滑了一步。特蕾娅屏息地睁大眼,被他们之间的激烈战斗的场景惊呆了!咘咘在她耳边急声叫道:"快走,再不走就来不及了!"

咘咘的尖叫终于将特蕾娅唤醒,她恍然从惊吓中回神,转身往巷子深处跑去。她使出最快的速度不顾一切地朝前方的路口飞奔,乱糟糟的脑袋里却冒出了一个奇怪的念头,那些黑巫师竟然想到集结力量共同对付她,既然要将他们一网打尽,那她们不会傻到被莱茵奥特一人牵制在那儿吧?正想着,一道颀长诡异的影子倒映在前方的路口,当看到墙角露出的宽大的黑色帽兜时,特蕾娅的心"咯噔"一下,猛地停住脚步,感觉时间在这一刻静止了!

糟糕!是黑巫师的身影!她们果然在这一带分散搜索!前方的突发状况把特蕾娅吓了个透心凉,额头冒出豆大的汗珠。

第六章
隐藏街巷的黑影

怎么办？现在该怎么办？她的心从来没有跳得这么快过，感觉自己的心脏几乎快跳出嗓子眼儿了。

"快躲起来！"咘咘压低嗓音在她耳边急喊。特蕾娅看到旁边有户人家的门口向内凹进去一点儿，刚好可以藏身，飞快地冲了过去。黑巫师出现在前方路口时，特蕾娅刚将身体缩进去，她屏住呼吸，用手紧紧捂着口鼻，生怕发出一丁点儿声响。肩头的咘咘全身僵硬，一动也不敢动，显然对黑巫师很是忌惮。除了自己的心脏在猛然跳动外，特蕾娅耳边几乎听不到任何可疑的声音，似乎黑巫师也在倾听周围的动静。这一刻，她恨不得自己有飞天遁地的本领，马上扎入土里消失不见！脑海里闪过无数杂乱的念头，这些可怕的黑巫师从哪里冒出来的？她跟她们无冤无仇，她们为什么要花这么大的力气对她围追堵截？莫非跟她的母亲叶塞尼娅女王之间有什么深仇大恨？

时间似乎过了一个世纪那么久，终于，传来轻微的动静，那是脚步碾过细小的沙土发出的沙沙声，听动静正在朝特蕾娅这边走来，一步又一步……该不会是被发现了吧？特蕾娅心跳如鼓，紧握着拳头咬牙忍耐，可身体还是控制不住地微微颤抖。眼看着黑巫师就要走到她的藏身处的时候，意外地，脚步声停了下来，一个不耐烦的声音响起，如蛇一般咝咝作响，"可恶！又让我扑了空，去别处找找！"

特蕾娅壮起胆子偷偷探头望了一眼，正好看到昨天夜里撞见的那名黑巫师骑着扫把离地而起，飞向了别处。好险！特蕾娅长长呼了口气，紧绷的肩头放松下来，直到这时才发现后

背的衣服都被汗浸透了，黏糊糊地贴在身上。"呼！真、真是吓、吓死我了……"咻咻忽悠忽悠地摇晃着身体，"啪"！瘫倒在特蕾娅肩头，有些虚脱地呻吟，"快……离开这儿，去第五大道，莱茵奥特拖不了太久的！"

特蕾娅赶紧把吓得浑身无力的咻咻装进身后的背包，左右看了看，离开躲藏处，朝着巷子尽头的路口拔腿飞奔。一出深街小巷，街道上特有的嘈杂声如潮水般灌入特蕾娅的耳朵，看着面前穿梭不断的行人和在路边吆喝的商贩们，她恍然有种回到人间的感觉，仿佛刚刚发生的一切只是一场可怕的噩梦。她不放心地回头看向身后的小巷，生怕黑巫师骑着扫把突然从后面蹿上来。

"第五大道与这儿隔着三个街区，怎么赶过去呢？"特蕾娅焦急地四下里张望，恰好此时，不远处有一辆105路公共汽车正朝着这边缓缓驶来，特蕾娅猛然想到主意，惊喜地笑起来，"对啦，105路公交车是去第五大道的，我可以坐公交车过去！"就在这时，离这儿不远的另一条胡同口也涌出了几名黑衣人，每个人都伸长脖子在人群中寻找着什么。一看到他们身上奇特的服装特蕾娅猛然想起袭击她的那伙人！就是他们伤害了她的父亲亚德，是塔拉公主派来的追兵！

老天，原来除了黑巫师，还有另一帮人在找她！这个发现惊得特蕾娅喘不过气来，心里如同揣着一只活蹦乱跳的袋鼠，"怦怦"地跳得厉害。

萝莉大冒险 ①

第七章
躲避黑衣人追击

看着脚印一个接着一个地朝着这边走来,特蕾娅心脏剧烈地撞击着胸膛,眼中浮现出浓浓的恐惧。糟了,他们被发现了!

　　那伙人扭头朝这边望来，不期然地，正好跟特蕾娅的视线撞在一起。他们像是发现了目标，不约而同地朝这边追来。缓过神儿来的咻咻从背包里探出头，正好看到这场面，它惊恐地睁大眼睛，用尖细的嗓音大叫："快跑！我们现在前有狼后有虎，腹背受敌！被他们抓到就完蛋了！"特蕾娅吓得倒退一步，吸了口冷气，猛然转身朝附近的站台狂奔。

　　特蕾娅万万没想到，刚刚逃出黑巫师的围追堵截，又遇到了塔拉公主的追兵，她这个素未谋面的姐姐为了巩固自己的权势竟然要置她于死地！听着从后面传来的脚步声越来越近，特蕾娅头上冒出一层冷汗，仓皇地在涌动的人群中钻来钻去，时不时跟来往的路人撞到一起。看到105路公交车停在站台上，她赶紧往站台飞奔，谁知这一站的乘客太多，下车的人还没走清，上车的乘客就都开始往上挤，小小的站台上拥挤不堪。

　　"哎哟！"急于躲避追兵的特蕾娅弯着腰拼命地往上挤，不知被谁推了一把，她一下从上面踉跄地跌了下来，连退了好几步，直到身体撞到什么东西上。"吱——"就在这时，耳边传来一阵刺耳的刹车声。

第七章 躲避黑衣人追击

"特蕾娅！你不要命了？我差点儿撞到你！"一个熟悉的声音嚷道。一听到这个声音，特蕾娅惊喜地抬头看向来人。顶着一头红毛卷发的布雷骑着迷你电动车正恼火地瞪着她，身上背着一个超大的背包。"布雷，快走！"特蕾娅一看到他，就像抓到救命稻草似的跳上后座，急声催促。看到特蕾娅惊慌失措的模样，布雷来不及多想，立刻启动车子"嗖"地蹿了出去。"喂喂，你又闯什么祸了？你知道刚才多危险吗？要不是我刹车快，交警的记录单上就会多一条交通肇事记录啦！"布雷一边骑车在车流中穿梭，一边忍不住对她数落起来。

"幸好你来得快，不然我就倒大霉了！我们去第五大道！"特蕾娅吸着冷气，用手揉着被磕疼的膝盖，回头看向身后。那几个黑衣人追到公交车旁纷纷停下脚步，个个沮丧又恼火地朝着这边张望。看到这情形，特蕾娅心里大乐，故意冲着他们吐舌头眨眼睛做着各种鬼脸，心里别提多得意了！总算把那帮人甩掉了，这下看他们怎么办！嘿嘿！特蕾娅心里的得意劲儿还没过去，黑衣人突然齐刷刷地朝一个地方奔去，特蕾娅顺着他们的方向看去，顿时傻眼了，十几米远的地方就是单车租赁点，那里有山地车可以租用，他们已经找到了代步工具！

特蕾娅吃惊地低声自语："老天！来自魔法世界的人已经这么熟悉人类世界的生活了吗？怎么没人告诉我？"咻咻细小的声音在她耳畔响起："我们族人早在若干年前就已经学会了在人类中间伪装生活，这里生活的族人可不少哦。塔拉公主派来的这些人肯定是在将周围的环境摸透后才果断出击的！"果

然,没一会儿工夫,四辆山地车就朝这边快速追来。

发现事情不妙的特蕾娅拍着布雷的肩头,急着催促:"快,再快点儿!他们追上来了!"

"哈哈!别逗了,这年头谁会跟一个小学生过不去,你说是吗?"布雷摇头晃脑地咧嘴笑,轻飘飘的话音中没有丝毫紧迫感。特蕾娅急得屁股坐不住了,站起来用手指着前面的观后镜急叫:"你以为我在开玩笑吗?看清楚!是不是有人追上来了!"

布雷侧头看向观后镜,意外地扬起眉头,惊讶地叫道:"真的耶!还是几个大块头呢,他们穿的好拉风啊,好像从哪个马戏团里跑出来的演员!发生什么事了?"特蕾娅彻底无语了,真想钻进布雷的脑子看看里面都塞了些什么,越是在这种紧张时刻,他关注的重点反而不是如何逃命,而是一些风马牛不相及的小事!

"现在不是一句半句就能解释清楚的!快点儿开!我可不想被他们生吞活剥!"特蕾娅快被不合拍的布雷急死了,在他耳边大吼。"放心交给我!我的骑车技术一流,让他们好好领教一下我天才魔术师的两轮宝马!"布雷一拧车把,整个车身都跟着抖起来,紧接着,"嗖"地一下风一般地蹿了出去。

特蕾娅差点儿被骤然加速的电动车甩飞出去,忙拽住布雷的衣服稳住身体,咘咘的爪子紧紧抓着布雷的红头发,吊在上面荡来荡去。特蕾娅回头看向身后,那几名黑衣人也在加速追赶。"喂,看好你的小耗子!别让它在我身上乱爬!"布雷甩

第七章
躲避黑衣人追击

了甩脑袋,发现头上多了一个金黄色的球状物。特蕾娅把头从后面转回,动手将吊在布雷头发上的咻咻放到自己肩头。"它不是耗子,是我的宠兽咻咻!你最好开快点儿,他们追上来了!"

布雷闻言,斜了一眼观后镜,啧啧地说道:"他们还真是穷追不舍,这是跟你有多大的仇呀,喂,你到底怎么得罪他们了?"特蕾娅忍不住翻了个白眼:"谁得罪他们了?他们是塔拉公主派来的,非要置我于死地,要是被他们抓到,你以后就再也见不到我了!"

"拜托,不要跟我提什么魔法世界!你不会真以为自己是什么特蕾娅公主吧?现在都什么时代了,你还相信这些无稽之谈?莱茵奥特跟你说这些到底想干什么?他就是扫把星,他一出现,所有的事情都乱套了,连你也变得不正常了!"布雷一听特蕾娅提到魔法世界就头大,止不住嘴地念叨起来。看到观后镜里的敌人从后面追上来了,忙指挥道:"打开我的背包!把红色的斗篷拿出来!"

特蕾娅一直好奇布雷的背包里都装了些什么,打开一看,里面装满了形形色色的小玩意儿,还有一团红色的布料塞在里面,她抓着那团红布把它拽了出来。"等他们靠上来,你就用力抖斗篷!"布雷没忘提醒她一句。特蕾娅一愣,看了看手中的红斗篷,认出是他参加学校庆典时穿的那套表演服,不确定地叫道:"什么?我可不会变魔术!你不是想让我在这里大变活人吧?"正说着,黑衣人已经从后面追上来了,离他们

只有不到两米的距离。时间已经不容她多想了,特蕾娅抓着红斗篷对着他们一通乱抖,只见一股红色的粉末从斗篷里面冒出,如雾般地扩散到空中。

黑衣人穿过红色烟雾后,很快打起了喷嚏,一个接一个,鼻涕眼泪一股脑儿地流了出来。

"哈哈,我在斗篷里面藏了足够剂量的胡椒粉和辣椒粉,够让他们'感动'一阵子啦!现在是时候甩掉他们了!我们抄近路去第五大道!"布雷幸灾乐祸地坏笑,加快速度拐入了一条小道。冲到最前的黑衣人发现他们要溜,气急败坏地从怀里掏出魔法棒,朝他们指来。"小心!他要攻击我们!"特蕾娅急声提醒同伴。布雷看向观后镜,满不在乎地勾了下嘴角:"喊,装腔作势的家伙,以为拿个小棒挥挥就能吓……"话音未落,黑衣人的魔法棒里倏地射出一道电光,布雷的迷你电动车遭到攻击,摔到一旁,特蕾娅和布雷也从车上摔了下来。

"叽咕叽咕,特蕾娅公主,快起来!有危险!"特蕾娅耳畔响起咘咘急切的叫声。

"布雷,你怎么样啊?"特蕾娅揉着被磕疼的后脑勺儿,喘息着从地上坐起来。"不、不怎么样,被你压在下面,不死也要断气了……"布雷惨兮兮的声音从特蕾娅的屁股底下传来。特蕾娅赶紧从地上站起来,去扶布雷。"好像哪里……不对劲儿,他们的魔术棒怎么这么厉害,对了,一定是他们把魔术棒改造成了武器,这可是违法的!"布雷摇晃着身体站了

第七章
躲避黑衣人追击

起来,喘息着琢磨失利的原因。

"早就提醒你他们来者不善,他们才不会对我们客气!"看到黑衣人扔下单车朝这边包围过来,特蕾娅急得像热锅上的蚂蚁,转头看向四周。她发现他们摔到了一条倾斜向下的货运专用道上,而货运专用道尽头恰好正对着一家大型商场的仓库大门。特蕾娅顾不得许多,拉着布雷往商场仓库的大门狂奔。

冲进仓库后,特蕾娅迅速找到了通往商场的入口,拉着布雷直奔过去。从后面追上来的黑衣人抄起魔法棒指过来,口中念出一道咒语,刚要进门的伙伴们突然撞到一堵墙,双双反弹回来,差点儿摔到地上。不明所以的特蕾娅上前再试,意外发现门口被一面无形的墙挡住,她不相信地拍了拍,感觉像是嵌着一面透明玻璃似的,坚硬无比。"老天,这是什么状况?"布雷瞪着空无一物的门口,不解地惊叫。

特蕾娅转过身,看到黑衣人不紧不慢地将他们包围起来,心里猜到了答案,愤愤地瞪向他们:"是他们干的,他们封住了门。"

"特蕾娅公主,现在没人能保护你了,乖乖束手就擒吧,猫捉老鼠的游戏到此结束了!"其中一个黑衣人抬起手中的魔法棒锁定了她,阴冷无情地说道。特蕾娅用力咽了下口水,向后退了一步直抵着背后那道无形的墙,眼见没有了退路,处于绝境的特蕾娅突然一副豁出去的表情,抽出插在腰间的魔法棒,拉开架式。黑衣人一看到拿在特蕾娅手中的魔法

棒，全都一脸震惊的表情，仿佛发现了什么惊人的事。

"你们都认识它吧？它的威力可非同凡响哦，你们不会以为我真的不会魔法吧？"特蕾娅晃着手中的魔法棒强装镇定地说道，突然出其不意地指向他们，大声念出莱茵奥特教过的那句咒语："赫赫巴斯，去！"

黑衣人面露微惊，下意识地向后退去，迅速做出防御动作。布雷莫名其妙地看看这边的特蕾娅，又望向对面的黑衣人，有些搞不清状况，不明白特蕾娅虚张声势地在搞什么名堂，另一边的黑衣人却如临大敌般严阵以待。特蕾娅气势满满地做出攻击动作，谁知，时间一分一秒过去，黑衣人依然安然无恙地站在那儿，似乎什么事也没有发生。黑衣人打量着毫发无损的自己，纷纷朝特蕾娅投来疑惑的目光，每个人都是一脸难以置信的表情。

"哎？怎么回事？为什么没有半点儿反应？"特蕾娅愣愣地眨着眼睛，满心期待着能像莱茵奥特那样一举击败对手，没想到初次出手竟然失败了！"哈哈！"旁边传来一阵爆笑，布雷捂着肚子笑得直不起腰来，手指着特蕾娅笑得气都喘不匀了，断断续续地说道："你、你太逗了，这样拙劣的表演，恐怕连三岁小孩儿都骗不了，哈哈！"

特蕾娅尴尬地摸了摸鼻子，嘿嘿地干笑了两声，"刚才只是想吓唬他们一下，其实嘛，我、我很……善良，不想……伤人！"

"叶塞尼娅女王的小公主居然不会魔法，真是令人意

第七章
躲避黑衣人追击

外！那我们就不客气了！"其中一个黑衣人不怀好意地说道，他们一起将魔法棒对准了特蕾娅，布雷见情形不妙，飞快从兜里掏出一块黑色的魔术布拿在手中摆弄起来。"喂，等等，等等！来而不往非礼也！别忘了我可是未来的大魔术师，不回敬你们一下太不够意思啦！见过大变活蛇吗？我猜你们肯定没有！"布雷故作轻松地说笑，手一抖，一条活生生的蛇从布雷手中的黑布里缓缓钻了出来！特蕾娅定睛一看，两眼顿时瞪大，浑身寒毛乍起，没料到布雷真的变出一条蛇来！那条蛇头部呈椭圆形，体形细长，蛇身呈现出由黑红白三色排列组成的环纹，它吐着细长的红色芯子，从布雷手中慢慢地仰起脖子。

对面的黑衣人似乎对蛇很是畏惧，直直地盯着蛇，脸上露出忌惮又戒备的神情，谁也没有贸然冲上来。唏唏伏在特蕾娅肩头，在她耳边低若蚊蝇般地低语："在我们那边，蛇通常是黑巫师的化身，所以很多人看到蛇都不敢轻举妄动，也许这招能破了他们的魔法。"特蕾娅闻言，悄悄退到布雷身后，用手向后探了探，刚刚挡住他们的那堵无形的墙果然消失了。看到一条小蛇就把他们震慑住了，布雷别提多得意了，晃着手中的小蛇还要继续炫耀。特蕾娅趁其不备，突然拍向布雷的手，将他手中的小蛇抛向对面，说了声快走，拉着他掉头冲进了商场。

"你怎么还随身带着蛇啊？"特蕾娅被布雷疯狂的举动给吓到了，边跑边追问。

"当然要带着，你扔掉的可是我的宝贝帕布拉奶蛇！我

都养了半年了!"布雷心疼地叫道。经过一处监控器时,布雷扭头看着屏幕,突然一把拉住特蕾娅,欣喜地叫道:"快看,我们已经把他们甩掉了!"特蕾娅从监控镜头里没有找到黑衣人的身影,不会真那么幸运地把他们甩掉了吧?她半信半疑地回过头去,这一看,脸色顿变,那几名黑衣人刚刚转出内衣区朝这边追来,一看到特蕾娅他们,不约而同地举起了魔法棒。特蕾娅眼皮连续跳了好几下,一颗心直提到了嗓子眼儿。"快跑!他们跟上来了!"她拉起布雷闪进女装区,拔腿飞奔。

　　特蕾娅和布雷在女装区穿梭,恨不得脚下生风,跟这群黑衣人彻底说再见!

　　"我的老天,你是不是干了什么伤天害理的事,不然他们为什么追着你不放啊?"布雷逃着命还不忘追问原因。"你以为我愿意吗?有人视我为眼中钉非要除掉我,我招谁惹谁了吗……躲这边!"特蕾娅看到一处新品悬挂间里塞满了衣服,忙拉着布雷躲了进去,悬挂在上面的长款风衣刚好遮住了他们的身体。两人趴在地上紧张地注视着外面,生怕被黑衣人找到这里。布雷压低声音害怕地问:"他们不会找到这里吧?"这时,特蕾娅留意到咘咘一直紧盯着橱窗的镜子,似乎发现了什么,顺着它的视线望去,眼前的情形惊得她两眼骤然睁大,那、那是什么?特蕾娅几乎不敢相信自己的眼睛,只见橱窗的镜子映出极其诡异的画面:一扇更衣室的门无声无息地打开,又悄然关上,仿佛有看不见的东西进进出出。特蕾娅掩不住满脸的惊骇,悄悄地碰了碰布雷,手指颤抖地朝橱窗镜子指去。

第七章 躲避黑衣人追击

布雷顺着她手指的方向定睛看去,眼前的怪现象吓得他眼睛都直了,倒吸一口冷气,嘴巴张得都能塞进一枚鸡蛋。就在离他们不远的地方,附近试衣间的门正逐一打开,又依次合拢,就像有人拉开试衣间的门在一间间检查。附近的服务员们都在忙着整理货物、盘点货架,谁也没有注意到这边异常诡异的现象。

特蕾娅只觉得后背寒意四起,鸡皮疙瘩接连不断地往外冒,若不是亲身经历,特蕾娅一定不敢相信这是真的。

"什么情况啊?到底是谁……在开门……关门。"布雷被吓得不轻,皱着一张苦瓜脸转向特蕾娅,声音不禁跟着抖了起来。特蕾娅咬着嘴唇努力保持镇定,脑袋急速运转着,从那些更衣室打开的顺序来看,似乎有什么无形的东西在朝这边逼近……猛然间,她隐约猜到了什么,轻声低道:"不要怕,还记得追我们的那几个人吗?或许是他们搞的鬼!"

布雷摸着发麻的头皮,焦急又担心地说:"我们这么躲下去不是办法,他们迟早会找到我们!那个跟着你的莱茵奥特哪儿去了?""他为了保护我,把几名黑巫师挡在了樱花巷里,一时半刻赶不过来。"特蕾娅解释道。

"什么?还有黑巫师?你不要吓我啊,你到底惹了多少麻烦啊!"布雷被特蕾娅的话吓到,不敢相信地瞪着眼睛看着她,心里有些后悔搅进了她的事情里。特蕾娅无奈地耸了耸肩,叹了口气道:"现在说这些有什么用,莱茵奥特让我尽快赶去155号找一位叫塔罗的人,说是那个人会帮助我

们!"

"155号?那不是商场旁边的博物馆吗?"布雷琢磨片刻,恍然想到什么,手指着外面低叫。特蕾娅一愣,没想到她要去的目的地就在这家商场的隔壁!"喂,我有主意了!我们可以从商场西边的侧门溜出去,神不知鬼不觉地把他们甩……"没等他把话说完,咘咘似乎察觉到了危险,叽咕叽咕地向伙伴们发出示警声。特蕾娅警觉地一把捂住布雷的嘴巴,手指竖在唇间冲他做了个"嘘"声的手势。这时,一股冷气扑面过来。两人本能地屏住了呼吸,紧张地透过衣服下摆的缝隙看去。

特蕾娅目不转睛地盯着刚拖过地的湿地板,发现上面浮现出一个浅浅的鞋印,接着,又出现了第二个……她猛然想到,黑衣人虽然隐身了,但是却无法掩藏脚印的痕迹。看着脚印一个接着一个地朝着这边走来,特蕾娅心脏剧烈地撞击着胸膛,眼中浮现出浓浓的恐惧。糟了,他们被发现了!一时间,陷入惊慌的特蕾娅失去了冷静思考的能力,大脑空白一片……

第八章
油画里的隐士

　　静止的油画突然发生了变化，油画表面浮现出许多纵横交错的方格线，将整幅油画分割成成百上千块马赛克，有的凸出来，有的凹进去，乍一看就像一副城市的立体模型。

看着不断逼近的脚印，特蕾娅眼底浮现出强烈的恐惧，她仿佛看到几个隐身人正站在小小的女装区内审视着周围，还有一个人停在距离她两步远的地方，面无表情地将头转向他们的藏身处，犀利的眼神如同野狼盯上猎物般。这一刻，特蕾娅呼吸停滞，全身僵硬无比，生怕发出半点儿声响惊动外面的人。布雷侧头看了眼身边的特蕾娅，似乎也被她的情绪感染，格外紧张地瞄着前方，用牙咬着手指极力忍耐着，大气都不敢出。就在他们的神经快要绷断的时候，旁边更衣室的门悄然无声地打开了，停了一秒又自动合拢，紧接着，停留在附近的脚印陆续地朝外面走去。

特蕾娅确认脚印没有变化后，紧绷的肩头放松下来，喘息着长吐一口气："呼……总算安全了！""他们真的走了？谢天谢地！看你紧张成那样，我的心都要跳出来了，我还以为我们被发现了呢！"放松下来的布雷又管不住嘴巴地絮叨起来，一脸如释重负的表情。"知道吗？刚才看到那扇门打开的时候，我差点儿就叫出声了！"

一想到刚才那个人的脚步距离他们只有一步之遥，特蕾娅

第八章
油画里的隐士

就感到心有余悸，她碰了碰布雷低声说道："趁他们没有发现我们，赶紧离开这儿！"布雷认同地点点头。特蕾娅把咻咻装进自己的背包里，两人像士兵般匍匐着爬出女装区，借着一排排服装架当掩护，他们快步溜到柜台口的模特旁蹲守，偷偷地向外瞄去。

"我们根本看不到他们，这对我们太不利了！"布雷压低声音抗议。

"那有什么办法？我们又没有他们那种飞天遁地的本领，只能希望运气之神是站在我们这边的！"特蕾娅找到了商场西门方向，回头冲布雷招了招手，示意他跟着自己走，然后弯着腰，尽量压低身体，贴着展厅隔断玻璃墙往西门方向移动。布雷紧跟在她身后，一边溜着墙脚走，一边满脸戒备地瞄着周围，时刻提防那些隐形黑衣人突然从某个角落杀出来。

"哐当"！"啊！"眼看着快要接近门口了，突然响起了展厅模特的倒地声和服务员的惊叫声。特蕾娅和布雷动作一顿，扭头朝发声处望去。不知那边发生了什么事，服务员和展厅模特都摔在地上，像是被什么东西突然间撞倒的，几个服务员正朝那边赶去。"快走！"特蕾娅立刻意识到情况不妙，眼见商场西门就在前方十米远处，她一把拉着布雷朝西门跑去。

他们跑下台阶，穿过绿化隔离带，风似的朝城市博物馆正门方向飞奔。他们拐出绿化带间的小径，眼前豁然出现一大片绯色花海，茂盛浓密的花树间掩映着一幢充满现代感和书香气的时尚大楼。大楼的外形看上去就像一顶巨大的皇冠，墙面设

计成图书的书脊拼凑排列的样子,乍一看犹如打了马赛克。此时临近中午,出入城市博物馆的游客不多,特蕾娅马不停蹄地一口气冲进博物馆。门口的保安看到他们跑进去,站在门口对他们喊道:"孩子们,不可以在博物馆里奔……哎哟!"话音未落,保安像被什么东西撞到,身体一下子飞了出去,在光滑的大理石地面上滑出几米远。

门口的警报骤然作响,急促尖锐的警报声在空荡荡的大厅内显得格外刺耳。

"他们追进来了!走电梯!"特蕾娅看到电梯刚好开启,拉着布雷飞奔过去然后迅速关上电梯门。"总算是摆脱他们了,可我们去哪儿找叫塔罗的人?馆里这么大,也许我们还没找到他就被追兵发现了!"布雷按捺不住心中的焦急,拍着脑袋,犯难地在狭小的电梯里走来走去。特蕾娅抱着双臂开始在发愁接下来怎么办。这一路上,她一直被黑衣人追赶着,完全像个没头的苍蝇四处逃窜,连一点儿对策都想不出。

"我知道哦!"咻咻从特蕾娅的背包里探出头,轻快地跳到特蕾娅肩头,细声细气地说出它知道的情报。"我听到叶塞尼娅女王跟莱茵奥特提过,塔罗是位性格古怪的智者,喜欢看书,常年隐居在博物馆四楼一个叫'有乌鸦的麦田'的地方。""有乌鸦的麦田?这个名字好古怪啊!"特蕾娅跟着重复了一遍,很奇怪这么高端的博物院里怎么可能会有乌鸦和麦田?听起来也太离谱了吧!

"管它呢,去看看不就知道了!反正我们也没有其他选择

第八章
油画里的隐士

了!"布雷提议道。

电梯很快到了四楼,布雷走出电梯东张西望,寻思着往哪边走。特蕾娅走出电梯时,想起什么又退了回去,按下了故障报警键。这样电梯就会一直停在四楼,黑衣人不知他们在这里,只能一层层楼地搜索。为了赶在黑衣人到来之前找到塔罗,他们开始争分夺秒地在四楼展厅里跑来跑去,寻找目标所在地,不料,搜遍整个楼层却一无所获。

特蕾娅叉着腰转头看向四周,急切地喘息道:"我们已经找了两遍了,这里根本没有其他房间!怎么办?"布雷挠着头也束手无策,试探地问:"要不,我们找个人问问?"不远处,一位中年保洁阿姨正推着清洁车走走停停,不时清理着展厅里的垃圾。特蕾娅连忙跑过去打听:"阿姨,我们跟您打听一个人,请问这里有没有一位叫塔罗的人?"

保洁阿姨想了想,摇了下头:"我在这里工作有十年了,从没听说过塔罗这个人。""没有这个人?"特蕾娅和布雷相互看了一眼,都有些意外和吃惊,难道莱茵奥特和咘咘的信息有误?咘咘瞪大了眼睛,着急地叽咕叽咕地叫起来,似乎不认同保洁阿姨的话。布雷不想放弃希望,抓着保洁阿姨的袖子,焦急地追问:"等等,那、那您知道什么地方有乌鸦和麦田吗?"

保洁阿姨想了想转向身后,抬手朝尽头一间展厅指去:"就在那边,东边第四个展厅。那儿只展出了一些珍稀孤本和古画,光顾的人很少……"不等保洁阿姨说完,特蕾娅和布雷

扔下一句谢谢便匆匆跑向第四展厅。这是一间小展厅,有十多平米,里面空荡荡的。与一楼大厅的人多嘈杂相比,四楼就显得冷清许多,而这里更是除了他们两人之外,没有其他游客。这间小小的展厅里连展台也没有,只有墙上挂着的大大小小的名家油画和古书籍。

一跑进第四展厅,他们的心顿时凉了半截。这里根本没有他们要找的屋子。

"刚才的保洁阿姨明明说就在这里,怎么找不到,她不会在忽悠我们吧?"布雷忍不住嚷嚷起来。特蕾娅咬着嘴唇没有说话,焦急的目光从墙上的油画上一一扫过。突然,她的目光停留在梵高的一幅油画上。"咦?是巧合吗?"特蕾娅心一动,抬手指向那幅油画,禁不住低呼出声:"布雷,你看那个!"他们看到的那幅油画的下方标着画作的名字,恰恰就是"有乌鸦的麦田"!

布雷不由得睁大眼睛,难以置信地咧开嘴巴低叫:"不是吧?怎么是幅画啊?难道叫塔罗的人住在……这、这里?"

特蕾娅也感到有些诧异,疑惑地盯着那幅画,轻声自语:"不,莱茵奥特不会骗我。塔罗是魔法世界的人,他住的地方肯定很隐蔽的,不会被人轻易发现,只是不知道跟这幅画有什么关系,也许这幅画被改造成伪装的暗门?"她猜测着,仔细检查着画四周的墙壁,又把耳朵贴到墙上,然后掏出魔法棒轻轻叩击墙壁,当敲到那幅画作时,不可思议的事情发生了!

第八章
油画里的隐士

静止的油画突然发生了变化，油画表面浮现出许多纵横交错的方格线，将整幅油画分割成成百上千块马赛克，有的凸出来，有的凹进去，乍一看就像一副城市的立体模型。紧接着，所有的马赛克都齐刷刷地活动起来，喊里咔嚓地犹如机械齿轮般相互咬合着，变幻不断地向周围扩散，转眼间墙壁上出现了一个圆形洞口。他们都被眼前的景象震惊了，看着眼前突然冒出的洞口个个惊得说不出话来。

"我的天哪！这、这不是我们的幻觉吧？"布雷手指着洞口，结结巴巴地惊叫。

特蕾娅僵在原地好半天才回过神来，她狠狠地掐了一下自己的脸，颤声道："这不是幻觉，没想到《有乌鸦的麦田》真的是伪装过的暗门！塔罗在这里面吗？"特蕾娅小心地迈进那个洞口，正要往里走，身后冷不丁又响起了喊里咔嚓的声音，其间还伴随着布雷的惊呼声："哦，不！"特蕾娅回头一看，那个洞口正在关闭，还没来得及进来的布雷被拦在了外面。

"布雷！布雷！"特蕾娅扑过去拍打着恢复如初的墙壁，焦急地喊着同伴的名字。任凭她如何叫喊，外面却听不到一点儿动静。没有了布雷的陪伴，特蕾娅心里感到莫名的紧张与不安。这时，里面传来轻微的响动，听起来像是瓷器碰击和银勺搅拌的声音。里面有人！会是她要找的塔罗吗？特蕾娅喘息着转过身看向陌生的环境，她面前是一条长长的白色走廊，走廊里很静，静得只能听到自己的脚步声和急促的呼吸声。她一边小心翼翼地往前走，一边竖着耳朵倾听着，一直走

到长廊的尽头。前面没有路了，只有一面泛着白光的墙壁，她抬起手试探地摸上去，手掌竟然慢慢地陷了进去，感觉不到任何阻碍，接着，特蕾娅陷进了柔和的光芒中。

穿过那道伪装的墙，眼前的景象让特蕾娅微微地吃惊："这、这里……"

之前她曾设想过许多可能的场景，万万没有想到墙的后面竟然是一片广阔无垠的金黄色的麦田，清风卷着农作物特有的气息扑面而来，令人神清气爽，特蕾娅恍然间有种进入了梵高油画里的错觉。只见麦田里摆放着几件简单的家具，一张床、一张摇椅，还有书桌和电视，几排超大书架环绕在家具的后面，地上堆放着小山般高的书籍，一位白胡子老头儿正埋着头在书堆间四处翻找着什么。

"哇，咘咘喜欢这里！咘咘好想一辈子住在这里！"咘咘着迷地望着一望无际的金黄麦田，一脸陶醉状。

"嗨，请问您是塔罗先生吗？"特蕾娅看着书堆里的身影，小心地上前打招呼。白胡子老头儿回头冲她露出一个灿烂的笑容。对她的突然到访，看起来并不惊讶。"欢迎你，特蕾娅公主，我已经等你很久了，你比我预想的时间要晚很多。""你……认识我？"特蕾娅见塔罗说出了自己的名字，嘴巴惊讶地张成了O形。

"当然，我不但知道你是叶塞尼娅女王的小女儿，还知道是莱茵奥特送你来的。你一定有很多问题想知道，所以才来找我的，不是吗？"塔罗直起身，从桌上拿起独腿眼镜冲着特蕾

第八章
油画里的隐士

娅上下打量，满意地点点头，"你长得跟你的母亲很像，应该说你们身上有着相同的气质，这一点毋庸置疑。"

塔罗个头儿不高，身形异常纤瘦，仿佛一阵风就能将他吹走似的。一头长长的银白色的头发如绸缎般垂到地上，头侧长着一对精灵般的尖耳，宽大的白色长袍上系着一条深色腰带，看起来像是一位知识渊博的精灵学者。塔罗看着满脸惊讶、说不出话来的特蕾娅，口气温和地解释道："很久以前你的母亲来找过我，她请求我在你遇到困难的时候对你施以援手，指点迷津。"

"我的母亲？叶塞尼娅女王？"特蕾娅问。

"是的。你的母亲向来独立坚强，很少求人，为了你，她专程找过我。要知道，我离开魔法世界后一直隐居在人类世界很少露面，只有你母亲知道我的藏身处……喝茶吗？"塔罗挥了下魔法棒，特蕾娅面前出现一只悬空的茶杯，里面还冒着热气。

"塔罗先生，您一定知道发生了什么事吧？"特蕾娅的心中积压了太多的困惑急需解开，顾不上喝茶，急切地向塔罗讲起这两天发生的种种怪事。塔罗耐心地听着特蕾娅的叙述，期间正喝着茶的他好像听出什么，突然顿住动作，眼睛睁得老大，显得极为震惊。只一瞬，他又掩饰地垂下眼帘装作没事儿人似的轻轻抿了口茶，眼底却流露出抹不尽的浓浓悲伤。特蕾娅讲完自己的经历，一口气扔出了好几个问题，情绪激动地说道："我不明白，母亲为什么要把我扔在没人知道的地方？为

什么塔拉公主突然派人追杀我？还有那些甩不掉的黑巫师……我不知道怎么一夜之间他们全冒出来了，都将矛头指向了我。您能告诉我这一切到底是为什么吗？"

塔罗沉默良久，抬起头深深地看了特蕾娅一眼，眼神中充满了同情与怜爱。"你真的不明白吗？亲爱的孩子，种种事情都在表明一件事，世界上那个最爱你的叶塞尼娅女王已经不在了。"塔罗低缓的声音中透着几许令人动容的温柔。"什、什么？"塔罗的话犹如雷击般劈在特蕾娅心头，她浑身一震，睁着眼睛不敢置信地看着塔罗，惊得说不出话来。

"不、不在了……"特蕾娅心头陷入一片混乱，胡乱地摇着头喃喃自语，"不会的！您在骗我！我还没有和她好好地见一面怎么会……"话才说了一半就哽咽住了，泛红的眼底浮现出闪闪的泪光，她用力地咬着嘴唇，竭力遮掩着自己的情绪。出现在记忆中的那个柔美的身影，留给她的保险箱，还有陪伴在身边的精灵宠兽咻咻……她刚刚才对素未谋面的叶塞尼娅女王生出好感，满心期待着与母亲重逢团圆，谁知却被塔罗的惊人结论重重一击。

特蕾娅紧握的拳头不住地颤抖，努力控制着自己激动的情绪。咻咻被主人的情绪所感染，神情恹恹地趴在她肩头耷拉着脑袋，一副生无可恋的模样。

"可怜的孩子，虽然这一切只是我的猜测，但恐怕事实不容乐观。"塔罗拍拍特蕾娅的肩头，柔声说道，"我相信很早以前叶塞尼娅女王就已经预知到了这一切的发生。要解释这件

第八章 油画里的隐士

事情恐怕要从你出生之前说起,你的母亲本就具有浓厚的传奇色彩,而你出生时发生了一件极不平凡的事更是轰动了整个魔法世界。"

跟她有关?特蕾娅诧异地看向塔罗。随着塔罗的讲述,一个波澜壮阔、充满传奇的魔法世界缓缓展现在她的眼前……

"叶塞尼娅从小就热衷于钻研魔法,渐渐地,她成为魔法世界数一数二的大魔法师。所谓能力越大责任就越大,叶塞尼娅不断帮助周边国家击败黑暗势力,影响力越来越大,因此而成为黑巫师们的眼中钉肉中刺……"塔罗眺望着没有边际的金色麦田,让记忆飘回了遥远的过去,"有一次黑巫师的头目黑魔头劫走了数个国家的魔法公主,叶塞尼娅受人之托赶去救人。为了对抗力量强大的黑魔头和那些黑巫师们,她背着族人偷偷学习了被封在通天塔里的黑暗魔法,她和你的父亲带着族人一起闯入黑暗禁地。没人知道他们在那里发生了什么,半个月后,叶塞尼娅成功地带回了被困的公主们,而你的父亲再也没有回来。叶塞尼娅因学习黑魔法而遭到黑暗力量的侵蚀病了很久,唯一能帮她摆脱这种痛苦的人就是黑魔头,叶塞尼娅不肯与黑魔头同流合污,这注定她的一生将会十分短暂。不久之后你出生了,你出生那一天黑巫师大举进犯包围了皇宫,逼迫叶塞尼娅交出孩子,你的母亲拼尽全力才保住了你。当时,你的母亲曾与黑魔头在屋子里对峙了很久,她们说过什么一直是个谜。中间,黑巫师们曾想方设法要偷走你,幸好都被叶塞尼娅发现了。你的存在曾让所有人议论纷纷。后来,按照魔法世

界的传统,叶塞尼娅也要将你送去人类世界,为了让你平安长大不被黑魔头发现,她没有按照惯例将你的资料和住址通报给设在人类世界的管理部门圣露西亚宫,而是将你偷偷藏了起来。当时没有人知道你的下落,他们都以为你是在叶塞尼娅与黑巫师的火拼中离奇消失了,我也是后来从叶塞尼娅嘴里才得知这一切。叶塞尼娅女王多年以来一直忧心忡忡,似乎经受着什么痛苦。我知道,她放心不下的就是你。她来找我时恳求我在必要时帮助你,同时为你安排好了一切。她不到危急关头是不会求人的,我知道她一定是遇到了无法解决的难题。塔拉公主派人追杀你以及黑巫师的出现早已在叶塞尼娅的预料之中,两件事同时发生,只能说明叶塞尼娅女王已经不在人世了。"塔罗一声长叹,结束了对往事的回忆。他动手拉开书桌抽屉,从里面取出一只象牙盒,郑重地交给特蕾娅,语重心长地说:

"孩子,这是你母亲托付给我的东西,是能掌管一国的权印。塔拉公主之所以派人追杀你也是为了它,你母亲把整个国家都托付给了你。"

特蕾娅终于知道了自己的身世以及母亲的经历,可是心头的疑团反而更多了。"我的母亲和黑魔头之间到底发生了什么事?""没人知道其中的渊源,也许你能找到答案。"塔罗将深邃的目光投向面前的女孩,然后在空中打了个响指,特蕾娅面前已经变凉的茶重新冒出了热气。"喝点儿水吧,孩子。我知道你很累,你的身上背负了太多的秘密,所以今后注定要面对常人无法想象的困难与危险。"

第八章
油画里的隐士

听了塔罗的话,特蕾娅接过茶杯浅尝了一口,闻到了一种清新的麦香味,她好奇地转头打量广阔的麦田:"是麦子的味道。"

"是的,这里不错吧?我很喜欢梵高的画作,尤其是《有乌鸦的麦田》,乌云密布的天空覆盖着金黄色的麦田,一群凌乱低飞的乌鸦和波动起伏的地平线,狂暴跳动的激荡笔触,让人沉重得喘不过气,完全体现出现实的魔法世界所面临的危机。这反而让我更加珍惜现有的平静生活。"塔罗把桌子上的几本厚书摞起来抱到怀里,转身面对书架,将怀里的书一一插回书架,直到将书架塞得满满当当。特蕾娅好奇地打量着书架上的书,意外发现所有书脊上都贴着图书馆的标签,忍不住问道:"您这里怎么会有这么多图书馆的书?"

"那是因为我给整个图书馆都施了魔法,所有的书都被我复制了一本,那里每增加一本新书,我这里就会同步更新一本,足不出户就可以看到新发行的图书。"塔罗转过身,冲特蕾娅调皮地眨了下眼睛,露出温柔的笑,"好了,亲爱的特蕾娅,现在不是聊天的时候,你同来的朋友恐怕要等不及了。"

"布雷?"特蕾娅这才想起还等在外面的好朋友。塔罗举起魔法棒轻轻一挥,面前的景物瞬间变成了透明的,展厅里的情形出现在他们眼前。看到展厅的情形,咻咻一下从特蕾娅肩头站起来,冲着前方叽咕叽咕地叫。只见布雷满脸戒备地瞄着周围,不停地挥动着手中的魔术棒,时而指向左,时而指向右,好像在提防什么。特蕾娅正感到有些可笑,突然,离奇的

一幕发生了,布雷像被什么东西撞飞出去摔到了地上,没等他站起来,身体猛地被提到空中……

"布雷!"特蕾娅瞪大了惊恐的眼睛,急声大喊。可惜她忘了,外面根本听不到这里的声音。悬在空中的布雷像是被人紧紧勒住了脖子,满脸通红地拼命挣扎着,下一秒,他的身影如空气一般消失得无影无踪。眼前的一幕令特蕾娅呼吸停滞,整个人都惊呆了。塔罗沙哑的声音在旁边响起:"隐身是克莱曼家族的绝招,看来塔拉公主已经争取到魔法家族中最强有力的帮手了。快去救你的朋友吧!"

特蕾娅顾不上说再见,一头冲进来时穿过的那道发光的门……

萝莉大冒险 ①

第九章
公主的身世

我们并不是……你的亲生父母,你的母亲是塞尔西亚国的叶塞尼娅女王,我们是遵照女王的命令……留在这里照顾你。

特蕾娅看到布雷受到袭击不顾一切地往外冲去,没等她掏出魔法棒,通往外界的墙像有生命似的自己动了起来,露出了原来的洞口。特蕾娅冲出去一看,展厅里空荡荡的,哪里还有布雷的身影。"怎么办?去哪儿找布雷?"特蕾娅急得六神无主,不知该怎么办才好。"快去找莱茵奥特!"咻咻在特蕾娅耳边急叫。咻咻的话提醒了特蕾娅,她猛然想起莱茵奥特好像认识那伙黑衣人,也许他知道黑衣人把布雷抓去了哪里!想到这儿,特蕾娅风似的跑出展厅往楼下跑去。背后那幅《有乌鸦的麦田》依然静静地挂在墙上,看不出丝毫异样。

特蕾娅刚奔出博物馆大门,迎面就撞上一团黑乎乎的东西,一只不知从哪儿飞来的黑乌鸦正好撞到她脸上。"哎哟!"特蕾娅捂着被乌鸦爪子划出两道血痕的脸颊,抬头看向空中肇事者。"嘎嘎!"叼着卡片的黑乌鸦吐出嘴里的东西,拍打着翅膀歪歪斜斜地重新飞回空中,嘎嘎怪叫着在低空盘旋了两圈展翅飞走。特蕾娅低头看向脚下的卡片。"咦?这是什么?"她弯腰捡起它。卡片上有一行用墨水笔写得歪歪扭扭的字,看上去就像刚刚开始学习拿笔的孩子写出来的,笔画生硬

第九章 公主的身世

不自然。"想见你父母就一个人来，我在最高的大楼平台上等你。"这分明是故意给她的消息！

写卡片的是谁？她的父母不是出事了吗？为什么这上面会提到他们？特蕾娅一时有些迷茫，她再次在卡片上扫视了一遍，咬着嘴唇思考，之前莱茵奥特曾去父母出事地点查访过，说是没有找到他们的尸体，而这上面又写着这样的消息，莫非父母他们真的还活着？思索片刻，特蕾娅脸上露出坚定的神情。既然布雷不知去向，不如去平台证实一下消息是真是假！

特蕾娅快步朝不远处的高架桥跑去，跑到最高处，向四周眺望搜索着，很快找到了本市最高的那幢大楼。"最高的大楼平台……应该就是它！"特蕾娅锁定目标后，旋风似的跑下高架桥冲到马路边，挥舞着双手拦住一辆迎面驶来的出租车。"吱！"一阵紧急的刹车声响过，出租车停了下来。特蕾娅跑过去拉开车门跳了上去，关上车门后前倾着身子对司机催促道："叔叔，快带我去世纪金融大厦！"

司机二话不说，立刻发动引擎驱动汽车融入车流中，不久，出租车就开到了目的地。没等车停稳，特蕾娅迫不及待地推开车门跳下车，急匆匆地向大厦门口跑去。进了电梯，她直接按了最高层，电梯开始急速上升。"叮"！抵达顶层平台后，电梯门向两侧滑开，一阵大风"呼"地灌入电梯，吹得特蕾娅一头长发乱七八糟。

特蕾娅走出电梯，急匆匆地环顾四周，当目光扫到水箱旁两个熟悉的身影时，意外地睁大双眼。正是失踪的爸爸妈妈！

他们无力地蜷缩在水箱旁的角落里。伊美尔达浑身脏兮兮的，仿佛从垃圾堆里滚了一圈似的，头发上还沾着许多碎叶和干草。亚德也是一副狼狈不堪的样子，全身透湿，眼镜歪歪斜斜地挂在鼻梁上，一边镜片没有了，另一边镜片被摔得出现网状裂纹。两人的脸上都有或多或少的瘀痕，显然吃了不少苦头。

看到他们还活着，特蕾娅急切地冲了过去："妈妈！爸爸！"

"不要过来！特蕾娅，你打不过她的，快走！"伊美尔达猛地抬起头，冲着特蕾娅急声大喊。

"不要管我们！这是黑巫师的圈套！"亚德急切地扭动着身体试图站起来，但无济于事，只能扯着脖子冲特蕾娅大喊。"哈哈哈！"一阵阴险得意的笑声从水箱后面响起，裹着黑斗篷的巫师坐着拐杖飞了出来，恰好挡在特蕾娅面前。看到父母受到这种非人的待遇，特蕾娅心疼得无以复加，红着眼睛愤怒地瞪向空中的黑巫师，厉声喝道："放开他们！你要找的人是我！"

黑巫师沙哑的声音从宽大低垂的帽兜里飘了出来，阴森森地说道："我已经恭候你多时了，亲爱的特蕾娅公主。你那位骑士还真是难缠得很，我们好不容易才甩开他，将你引到这里。"话音落定，宽大的衣袖里伸出一双鸡爪子般枯瘦的手，将低垂的帽兜拨向脑后，一张蜡黄而苍老的脸孔出现在特蕾娅面前。一头杂草般的乱蓬蓬的灰白头发被风吹得东摇西晃，如同干裂的老树皮般的脸上，横七竖八地爬满了皱纹，眯成细缝

第九章
公主的身世

的眼睛闪着令人胆寒的精光,俨然从童话里走出的老巫婆!

这就是黑巫师的真面目!特蕾娅惊恐地看着黑巫师,虽然有些害怕,但一想到受苦的父母,她心底的怒火反而让她忘记了害怕,她上前一步大声喝道:"你到底想做什么?我在这儿,你休想伤害我父母!"

黑巫师的眼中闪烁着恶毒的光芒,威胁的话语更让人不寒而栗。"别激动,我当然会放了他们,不过……要拿你的命来换!哈哈哈!"黑巫师假惺惺地笑着说。"原来你们跟塔拉公主的追兵是一伙的!你们回去告诉她,我不当这个公主总可以吧,不许你们再来纠缠我的家人!"特蕾娅气愤地说道。

"区区一个小公主我们还没有放在眼里,我们要的是你这条命!特蕾娅公主。"黑巫师脸上涌起恶毒的笑,不怀好意地说道,"你大概还不知道你这条命有多值钱吧?预言家预言未来你会成为我们黑暗力量的最大劲敌,与其等你日后强大,不如趁现在就杀了你,一劳永逸,以绝后患!"

这些黑巫师竟然害怕未来的她变强大,所以急于现在就要除掉她。"想要我的命,可以,先把我的家人放了!"特蕾娅握紧拳头,冷冷地直视着对方,提出交换条件。

"真是个天大的笑话,堂堂魔法界的公主竟然为了救这些卑微的小人物甘愿付出自己的生命!你的脑袋的确跟其他公主不同呢!哦哈哈哈!"黑巫师掩着嘴夸张地干笑几声,笑得肩头直抖。没等黑巫师回答,伊美尔达和亚德不约而同地大喊:"不可以!"伊美尔达焦急地喊道:"特蕾娅,你的生命比任

何一位公主都尊贵，千万不要为了我们做傻事啊！"黑巫师的目光瞬间变得锐利起来，冷冷地朝伊美尔达斜去，陡然伸长手臂一把钳住伊美尔达的脖子，又黑又尖的长指甲直接刺进她的皮肤。伊美尔达痛得眉头紧皱，嘴巴颤抖着，一句话也说不出来了。

"不要！"特蕾娅被黑巫师的动作吓得脸色骤变，背后渗出了一身冷汗。她生怕黑巫师伤害到父母！

"我没工夫跟你废话！特蕾娅，要想救他们，就拿你的命来换！"黑巫师脸上露出了残酷的笑容，手一扬，一把锋利的匕首"铛"的一声扔到特蕾娅面前的地上。咻咻又气又急地在特蕾娅耳边叽咕叽咕地叫："别信她的鬼话，巫师向来阴险狡诈，就算照她的话做了，她也不会放了他们！"特蕾娅缓缓低头看向脚下，脸色苍白如纸。这么多人都想要她的命，她的命就这么值钱吗？面对黑巫师的威胁，特蕾娅紧紧地抿着嘴沉默良久，似乎打定了主意，终于迈步走到匕首前，弯腰捡起了它，轻声说道："你说话最好算话，我这就把命给你！"她慢慢地举起匕首，双手握着刀柄，将刀尖对准心脏的位置，做出准备自尽的动作。

亚德奋力地挣扎起来，急切地喊道："不可以，不要受别人的蛊惑啊！"伊美尔达眼含热泪冲着特蕾娅连连摇头。特蕾娅突然挺起胸膛抬高了手臂……就在黑巫师以为特蕾娅要把匕首刺向她自己的那一刻，事情意外地出现了反转，她突然将手中的利器掉转方向朝黑巫师指去，高声大喝："赫赫巴斯！

第九章 公主的身世

去!"黑巫师赫然发现拿在特蕾娅手中的匕首不知何时换成了魔法棒,并且魔法棒的材质与叶塞尼娅女王的那根相同!黑巫师细缝般的眼睛突然一下瞪得滚圆,不敢置信地发出一声惊呼:"什么!"

"咻"!一道刺目的金光从特蕾娅的魔法棒里射出,特蕾娅第一次自己成功地使出了魔法!黑巫师急于避开攻击,身体顷刻间失去平衡,一下子从拐杖上摔了下来。"成功了!"特蕾娅心中大喜,趁这个时机快步冲到父母身边,把他们扶起来。"快走!"她拉着父母飞快地往天台门口逃去。谁知刚走到门口,就与迎面而来的一道黑影结结实实地撞到一起,一只有力的手及时扶住了她,耳畔响起熟悉的声音:"特蕾娅公主,你们先走,这里交给我!"是莱茵奥特!

特蕾娅惊喜地抬起头,莱茵奥特似乎是匆匆赶来的,呼吸十分急促,他的身后还跟着一个她没想到的人!"布雷?"

"天哪,出了什么事?你爸妈怎么了?"布雷从莱茵奥特身后闪出,吃惊地叫道。"别说了,快带他们走!"莱茵奥特催促了一声,风似的冲出平台门口。

"对对,快快!我们先离开这儿再说!"布雷点头如捣蒜,赶忙上前帮特蕾娅扶着身材圆胖的亚德。恰好电梯门还开着,他们费劲儿地将两个大人扶进去,关上了电梯门。

黑巫师狼狈地从地上爬起来,发现自己上当了,气急败坏地大叫:"好哇,你这个臭丫头竟然使诈!"说着,从衣袖里掏出魔法棒准备追上去,好好教训一下这个不知天高地厚的

丫头,没等她举起魔法棒,门里突然射出一道闪光直朝着黑巫师攻去,冲出门的莱茵奥特抢先一步发起了攻击。黑巫师一个跟头飞了出去,撞在水箱上,瞬间化作一团黑雾,之后一只硕大的乌鸦从黑雾中飞出,嘎嘎叫着如炮弹般朝莱茵奥特疾冲而来。

莱茵奥特就地一滚,避开了袭来的乌鸦,乌鸦趁机溜进了门里。

电梯门刚关上,满脸冷汗的伊美尔达再也坚持不住了,腿一软,"扑通"一声瘫软在地上。"妈妈,你这是怎么啦?"特蕾娅失声尖叫,慌忙跪下来抱住伊美尔达,让她靠在自己身上。伊美尔达嘴唇颤抖着,痛苦地说不出话来。被布雷搀扶的亚德脸色白得吓人,手捂着心口一副喘不上气来的样子,吃力地喘息道:"黑巫师逼我们吃下了毒丸……我们撑不了多久了……别管我们,你们快走!"

特蕾娅吃惊又难过地看着他们,极力忍着不让眼泪夺眶而出,但声音抖得失了音:"你们不要吓我啊,除了你们我没有别的亲人了!求求你们不要离开我!"伊美尔达虚弱地睁开眼睛,看着特蕾娅,缓缓抬起颤抖的手抚上她脸颊,断断续续地说:"好孩子……相信,你已经知道真相了吧?我们并不是……你的亲生父母,你的母亲是塞尔西亚国的叶塞尼娅女王,我们是遵照女王的命令……留在这里照顾你。"

"什、什么?你们……"特蕾娅顿时愣住了,眼睛睁得老大,没想到照顾了她十几年的父母也是魔法世界的人!

第九章
公主的身世

亚德先生急促地呼吸着，在旁边补充道："是的，不止我们，还有住在隔壁的那个古怪的亚瑟先生，马路对面那个整天追猫打狗的老婆婆，都来自塞尔西亚国，专门负责在暗中保护你，所有这一切都是……女王的安排！"特蕾娅难以置信地看着伊美尔达，她身边竟然有这么多来自魔法世界的人，而她居然对这一切没有丝毫察觉。

"叶塞尼娅女王……安排的？"特蕾娅失神般地自言自语，那个一度被她以为抛弃自己的母亲竟然在她身边做了如此周密的安排……原来母亲始终没有忘记自己！"是的，当时你的母亲叶塞尼娅女王在母国的压力很大，很多人都说你是不祥之人，为了保住你，她派我们秘密将你带走，不让任何人发现你的存在……这些年我们兢兢业业地照顾你，一直期待着某天女王来接你，谁知，最终还是没能逃过黑巫师的耳目……你快走，你要想办法回母国，回到属于你的世界去！千万不能被他们抓到啊！"

"不！我不能丢下你们，女王已经不在了，你们不可以离开我啊！我带你们去医院，很快就会好的！"特蕾娅眼中闪着泪光，哽咽地叫道。亚德虚弱地跪坐在地上，靠着电梯喘息了一阵儿，安慰道："好孩子，不要再为我们费心了，就算去医院也解不了黑巫师下的毒……我们的时间不多了，用不了三天我们就会完全丧失行动能力，全身瘫痪，直到失去吞咽能力而活活饿死……"

死亡，一听到这个可怕的字眼，特蕾娅禁不住打了个寒

嚏。从遇到黑巫师那一刻起,她的生活被搅得天翻地覆,许许多多难以置信的事都一股脑儿地冒了出来,还搭上了跟她最亲的人的性命!她第一次体会到当公主的代价竟如此巨大!

"你们骗人!现在医学这么发达什么病治不了?我不信!"特蕾娅的声音已经抖得不像话了,因为她从伊美尔达和亚德的眼中看到了绝望与心灰意冷。电梯门一开,特蕾娅和布雷赶紧半扶半拖地将他们带出电梯,从平台到楼下短短的时间里,父母的脸色变成了可怕的青紫色,裸露在外的手臂也是,皮肤表面隐约可见一块块霉菌般的黑斑。之前还是一头灰白的头发现在已经变成了雪白色,就像过了十几年一样,两人正以惊人的速度急剧衰老。正当他们将亚德和伊美尔达拖出旋转门准备叫车的时候,不知从哪里刮来的一阵阴风从特蕾娅耳畔掠过,仿佛从西伯利亚刮来的寒流般激起她一身的鸡皮疙瘩,伴随着阴风与寒气而来的是一个恶鬼般阴恻恻的笑声,沙哑的声音在她耳畔兜转回响:"想要他们活命,就要来找我,哈哈……只有我能救活他们,嘻嘻……"

"谁?"特蕾娅猛地打了个哆嗦,近乎惊恐地跳了起来!

"特蕾娅,怎么了?"布雷被特蕾娅突然间的举动吓到,瞪着眼睛看着她。

那是黑巫师的声音!特蕾娅的心怦怦直跳,警惕而害怕地看向四周,难道她追来了?"咈咈好像感觉到了黑巫师的气息……"咈咈全身肌肉紧绷,轻若蚊声地低语。

第九章
公主的身世

这时,莱茵奥特从紧急逃生通道跑出来,回到特蕾娅身边。当他看到特蕾娅的父母时脸色顿变,眉头皱了起来,沉声道:"黑巫师给他们下了噬血毒,好阴险的手段!要是不及时医治三日内就会死亡。"

"那还等什么,我们赶紧送他们去医院啊!"莱茵奥特的话让布雷心急地叫道。"没用的,医院解不了这种毒。如果能把他们尽快送去一个地方,或许还有转机!但是……"莱茵奥特犹豫地看向特蕾娅,一时有些放心不下她,"这也正是黑巫师们的诡计,她们的目的地就是想把我支开,没有我的保护,黑巫师们随时会趁机对特蕾娅下手。"

"他们是我在这个世界上最亲的人,都是因为我才遭到黑巫师暗算的!"特蕾娅一听还有希望,抓着莱茵奥特的手急切地央求,"莱茵奥特,我知道你办得到,不要管我,快想办法救救他们!"看着那双泛红含泪的眸子,莱茵奥特一时心软了,思忖片刻简短地说道:"给我三十分钟!你们在这里不要动,等我回来!"说完,抬手在她额头按了一下,迅速扯下身上的披风"唰"地抖开盖在伊美尔达和亚德身上,当他再收起披风时,两个大活人竟凭空消失不见了。莱茵奥特重新穿上披风,快步奔到停在路边的汽车旁,拉开车门坐上去,驱车疾驰而去。

莱茵奥特带着伊美尔达和亚德走后,特蕾娅茫然地伫立在大楼门口,脸色微微发白,父母的变故让她一时有些不知所措。布雷警惕地左右张望,生怕那些可怕的黑巫师突然从某个

角落杀出,他不敢在大厅门口逗留,赶紧拉着特蕾娅躲到电梯旁的逃生通道里,将门关闭上锁,把耳朵贴在门上听。特蕾娅从来没有像此刻一样感到惶恐和不安,浑身都在发抖,她紧紧抱着双臂,无力地靠着墙壁缓缓蹲下,把头埋在膝盖里默声不语。

　　布雷转过身,看到特蕾娅难过伤心的样子不由得一愣,挠着头想了想,积极地挤到特蕾娅身边蹲下,故意用轻松的语气劝道:"不要担心啦,要相信莱茵奥特!知道吗?莱茵奥特真的好厉害!本来我被那伙人抓走了,谁知途中被莱茵奥特撞见,他一下子就把他们全撂倒了!简直太帅啦!你有没有感觉这一切就像做梦似的?真不敢相信,你居然是魔法世界的公主!你不是一直希望变成童话里的公主吗?这回你的梦想实现了呀!"布雷激动地比画着,不停地没话找话缓解气氛。

第十章
迷雾黑森林

万籁俱寂的密林中，不知从哪里传来细碎的低语声，仿佛有人躲在黑暗角落里贪婪地注视着她，低若蚊蝇般地争论着什么。

　　特蕾娅闷闷的声音从膝盖间飘出，低哑的声音中伴着鼻音："一点儿也不好，你见过被追兵追杀得四处躲藏的公主吗？我是个被扔在这儿没有任何权力的公主，连身边的人都保护不了，这算什么公主？"她的话语中透着浓浓的委屈与不甘。

　　"这个……"布雷词穷地卡壳儿了，挠着头绞尽脑汁才想出解释，"啊，对了！书上不是说过，'天将降大任于斯人也，必先苦其心智，劳其筋骨，饿其体肤'，你现在吃的这些苦都是老天对你的考验……"无论布雷说什么，心情低落的特蕾娅始终打不起精神，抱着膝盖默默地看着地面出神。"哈哈……特蕾娅公主……"不知从哪儿飘来一阵若有若无的声音传进特蕾娅的耳朵，恐怖的嘶嘶声像是从地底深处传出来似的，令人遍体生寒。

　　听到这个声音，特蕾娅的脑袋里像是袭来了一阵西伯利亚寒流，瞬间警醒，她猛地站起来，紧张地看向四周："布雷，你有没有听到说话声？"几乎同一时间，一直懒洋洋地趴在特蕾娅肩头的咘咘似乎感觉到了什么，猛地竖起尖耳朵，满脸戒

第十章
迷雾黑森林

备地抬头看向四周。

"没有啊?这里只有我们两个人,哪儿来的其他人?你不会产生幻觉了吧?"布雷莫名其妙地扭头看向特蕾娅,她现在这种状态让他很担心。"不!不对!"特蕾娅在心里大声告诉自己,她能清楚地感觉到那股黑暗力量的存在,分明有人正在暗中窥视着她!"她们在这里,我能感觉得到!"特蕾娅紧张地揪着领口,屏息低语。

"她们就在外面!主人。"咘咘用蚊蝇般的声音颤颤地说道。怎么会这样?为什么她能感觉到黑巫师的存在?能感知黑暗力量的存在?这一切让特蕾娅感到极度不安。

"特蕾娅公主,你打算像鸵鸟似的躲在暗处,看着越来越多的人因为你而失去性命吗?出来吧,否则那些隐藏身份的族人就要命归黄泉了,他们可都是因为你而死的哦!想想你身边的人,只有你能救他们。哈哈……"黑巫师充满威胁的话语幽幽地飘进特蕾娅的耳中,"想救你的养父母吗?除了我们没人能救活他们,而你只需要做出一点点的牺牲,来吧,我们在等你!"

"你们在哪儿?在哪儿?"特蕾娅站起来冲着空中大叫,一双泛红的眼睛惊惧地朝四周张望。为什么她们知道她所在的地点,就像能看到她似的?她的脑海里不可抑制地想象着整幢楼渐渐变成透明色,几团模糊不清的流星状的黑影围着大楼嗖嗖地飞来飞去,一双双赤红双目从黑漆漆的帽兜里射出邪恶的光芒……特蕾娅的心怦怦狂跳,连同声音也控制不住地哆

嗦起来。"我不能让她们伤害更多的人……不行，我必须阻止她们！"一想到那些隐藏身份背负使命的邻居们将面临的危险，特蕾娅有些沉不住气了。

"来吧，跟着你的感觉走，你知道怎样找到我们，哈哈……"黑巫师用公鸭子般的嗓音怪笑着，嘶哑的声音还带着回音。特蕾娅别无选择，扭动门把拉开了门，等布雷反应过来上前阻拦，她已经风似的冲了出去。"特蕾娅，你去哪儿？"布雷的喊声从后面传来。特蕾娅顾不得解释，大步跑出世纪金融大厦，朝着人口密集的地铁站奔去。

赶到地铁站，一列地铁正停在站台，她脚步不停地冲了进去。黑巫师在她手腕上施了追踪印记，能随时掌握她的行踪，该不会这里也有她们的人吧？特蕾娅心念一动，闭上眼睛集中心神，没错！那种被人注视的感觉还在！特蕾娅全身的汗毛直立起来。她扭头朝自己右后方看去，果不其然，撞见一双似笑非笑意味不明的狭长黑眸。那是一位年轻的贵妇，一双美目眼波流转，里面流动着魅惑人心的诡异目光。"小家伙，我在城西的黑森林等你哦，哈哈！"

特蕾娅惊骇地发现年轻贵妇的嘴巴分明没有张开，声音就像从遥远的天外传来的一样飘忽不定，那根本不是她在说话！

黑巫师控制了那名年轻贵妇！特蕾娅满脸畏惧地瞪着她，心里像揣了只兔子怦怦地跳个不停，浑身激起一层鸡皮疙瘩。不过那句话消失之后，那名贵妇就恢复了正常，与旁边的朋友热络地聊起天，再没有什么怪异的举动。特蕾娅却被吓出

第十章
迷雾黑森林

一身冷汗,只觉得后背的衬衫黏糊糊地贴在身上。一转头,无意中看见一只乌鸦停在扶手上,一双灰褐色的眼睛正一眨不眨地注视着她。奇怪,怎么觉得它在监视着自己?地铁到站后,特蕾娅注意到那只乌鸦也扑棱着翅膀飞出了车厢,她走出地铁站改乘最后一班公交车朝着西方的黑森林赶去。

屁股喷着黑烟的公交车消失在视线中,特蕾娅被丢在看不到半个人影的空荡荡的街道上。当最后一缕落日余晖消失于西方天际的时候,整个大地笼罩在一片黑暗中。特蕾娅长这么大从来没有来过这么远的地方,入夜后的村庄里只能零星听到一两声鸡鸣狗吠声,周围静得令人心头发毛。

望着面前黑压压的山林,特蕾娅心头一阵莫名的紧张。这一带被称为迷雾黑森林,曾经有不少野营爱好者进山探险,但因为树木茂密,地势陡峭,雾气太重,再加上偶尔会有野兽出没,有不少人在探险的时候受伤甚至是丧命。这是特蕾娅第一次来迷雾黑森林,她心里发怵,总担心一不留神就会有野兽出现。

"哑!"耳边骤然响起一声难听的怪叫,吓得特蕾娅倒退了两步,定睛看去,一只乌鸦从她身边"嗖"地低空掠过,很快钻入了迷雾黑森林。特蕾娅一眼认出,正是地铁里看到的那只乌鸦,这一路上,它一直与她同行,显然是黑巫师派来监视她的耳目!特蕾娅抹了把额头的冷汗,从兜里掏出狼眼手电打开,鼓起勇气战战兢兢地步入危险的丛林地带。

浓密的树冠将夜空遮得密不透风,黑压压的不留一丝缝

隙，偶尔会有一两只夜归的猫头鹰掠过树林，凄惨的叫声在林间回荡，让人不寒而栗。特蕾娅越往前走，腿抖得越厉害，每次踩在松软的土上总担心一脚陷下去会不会再也拔不出来了。

"喊喊……喳喳……"万籁俱寂的密林中，不知从哪里传来细碎的低语声，仿佛有人躲在黑暗角落里贪婪地注视着她，低若蚊蝇般地争论着什么。"谁？"特蕾娅顿时寒毛倒立，紧张地抬起狼眼扫向周围，可是却没有发现任何异常。

细碎的低语声越来越响，越来越嘈杂，杂乱密集的声音中依稀传出一两句充满焦急的人的话语声："不要过去，危险，前面是黑巫师的……地界……"。

"特蕾娅公主，你终于来了！"一阵阴冷的夜风穿林而过，伴随而来的是一个冷飕飕的略显沙哑的声音。与之同来的是一股令人不安的肃杀之气，顷刻间，所有的细碎响动都消失无踪，整个山林寂静无声。特蕾娅的心不由得紧张起来，循着声音的来源望去，只见昏暗的密林中缓缓走出一个披着黑斗篷的小个头儿巫师，她拄着拐杖走到距离特蕾娅十几米的地方站定。"不愧是叶塞尼娅的女儿，小小年纪敢只身前来，如今这样有勇气的公主已不多见了。"

"你们有什么阴谋诡计冲我来，不许伤害那些无辜的人！"特蕾娅努力克制着心中的恐惧，大声呵斥。她的话音一落，空中接二连三地响起阴阳怪气的笑声，嘶哑的话音与黑巫师的声音如出一辙。

"嘿嘿！真是个傻丫头，我们随便编个谎话就信以为真

第十章
迷雾黑森林

了!那些小人物还不值得我们费心处理!"

"要不是莱茵奥特在门口设了结界,我们也不会大费周章地把她骗到这里。"

"就是,莱茵奥特的确是个棘手的家伙,不过这里是我们的地盘,莱茵奥特想破脑袋也想不到她会在这里!哈哈!"

什么?这里还有其他人?特蕾娅抬头望向头顶上方,赫然看见三团拖着长长尾巴的黑影在空中忽上忽下地飞舞着,并不时发出阵阵难听的怪笑,正是在巷子里追杀她的那三名穿着黑斗篷的巫师!糟糕,她中了黑巫师的圈套,特蕾娅额头冒出一层豆大的汗珠。

"呃,这下我们逃不掉了!"咻咻颤声低叫。

"特蕾娅公主,你的体内拥有巨大的潜力,未来的你绝对可以成为要风得风要雨得雨的高阶魔法师。我们一向珍惜人才,只要你加入我们,我们将永远善待你和你的朋友们。"黑巫师眯起细长的眼睛,朝特蕾娅露出了一个温和的笑容,只是那个笑容在特蕾娅看来却异常的寒冷。

"善待我?之前你还差点儿杀了我呢?你让我加入你们,成为跟你们一样作恶多端,人人唾骂的黑巫师吗?"特蕾娅毫不示弱地反诘道。

"不不,我想,这里面一定有什么误会。"黑巫师表现出少有的耐心,一步步朝特蕾娅走过来,极富温柔地哄劝道,"不要相信那些谣言。事实上在很久以前,我们才是魔法世界的主人,都是那些好事的魔法师改变了这一切。他们个个心怀

野心，想要占据一隅之地称王称霸，并且联合起来与我们为敌。几百年来，他们不断寻衅生事，魔法世界被他们搅得混乱不堪，硝烟四起，而我们一心想要统一整个魔法世界，恢复平静的秩序，这有错吗？"对魔法世界的历史并不了解的特蕾娅愣愣地听着，"他们口口声声要自由、要和平，却不知为了他们所谓的自由平等，多少人在无休止的争斗中无辜牺牲，尤其是你的母亲联合了众多国家与我们为敌，要知道她所有的成就都是建立在无数人的痛苦之上，如果换成你，你会站在哪边？是选择亲情制造更多流血事件，还是选择公平，努力营造一个没有战事的国度？"

"我……"特蕾娅一时有些词穷，彻底被黑巫师的能言善辩给搞迷糊了。黑巫师看到特蕾娅有所动摇，笑得更加开心了。"我之所以对你采取过激的手段也是迫不得已，如果你被母国拉拢过去，就会成为我们的敌人，日后将会有更多不可控制的事情发生，伤害到更多无辜的人。所以，对敌人，我们绝不能心慈手软，希望你能谅解！只要你拿出勇气杀死面前这只丑陋的怪物，从此以后，你就是我们的人了！"黑巫师抬手打了个响指，这时，一团绿乎乎的东西倏地从空中落下来，吊在半空中。

"吱吱！"一只半米长的外形奇特的生物在拼命挣扎，全身上下绿油油的，就像喷了一层绿色的油漆。它有着人类一样的躯体和四肢，只是细长的双手和双脚表面布满了酷似章鱼的吸盘。此时的它害怕极了，尖尖的耳朵不停地抖动，

第十章 迷雾黑森林

一双清澈灵动的眼睛瞪得滚圆，里面充满了浓浓的恐惧与不安。

那、那是什么？特蕾娅从来没有见过那种生物，惊奇地睁大眼睛。

一直缩在特蕾娅背包里的咘咘小心地探出头，细声细气地给主人讲解此物的来历："主人，它是我们魔法世界的草木精灵。自从魔法世界被黑巫师们搅得动荡不安，很多草木精灵都逃到了人类世界。黑巫师手段残忍毒辣，一直以折磨草木精灵为乐，它恐怕难逃一劫了！"被吊在空中的小精灵浑身伤痕累累，脸上有着一块块明显的瘀痕，似乎遭受过残忍的折磨。

"我不会伤害草木精灵！"特蕾娅不忍地皱起眉头。

"你睁大眼睛好好看清楚，它是草木精灵吗？也许是长着三头六臂的丑陋怪物也说不定哦！"黑巫师的手在特蕾娅眼前一晃，一股淡淡的雾气从手中飘出，丝丝缕缕地弥漫在特蕾娅鼻息之间。闻着飘过鼻尖的缕缕异香，特蕾娅双眼渐渐有些迷离，不自觉地重复着黑巫师的话："你说的对，它不是草木精灵……"

"不要听她的，她在骗你！"咘咘觉察到特蕾娅状况不对头，急声在她耳边叫道。

黑巫师眼中倏地射出一抹犀利的精光，举起魔法棒一甩，咘咘像被什么东西猛击一下，一个跟头从特蕾娅肩头摔了下去。特蕾娅双眼无神地看着吊在空中的小精灵，眼中的绿色身影不断扭曲变幻，渐渐变成一只张牙舞爪长着三头六臂的绿

色怪物，它面露狰狞，嘴里龇着一口锋利的尖牙，泛红的兽目放射出凶狠的光芒，似乎随时会扑过来，张开血盆大嘴，恶狠狠地给她致命一击。

"它是只危险的生物，它会攻击你，伤害你……快，举起你的魔法棒，杀了它！"黑巫师亲密地贴近特蕾娅，狞笑着在她耳边低语。围绕鼻尖的异香越来越浓，黑巫师缥缈的声音像从遥远的地方传来似的，蛊惑着特蕾娅的神智。"杀了它……"迷糊的特蕾娅鬼使神差般地回应着，一步步地朝着草木精灵走去。

"主人，不要上黑巫师的当！"特蕾娅神情恍惚，不知自己身在何处，眼前除了绿色的怪物们以外周围一片漆黑，不知从哪里传来一个虚弱的声音在黑暗中急吼。黑巫师们脸上露出阴险的笑，眼中迸射出贪婪的光，她们渴望的一幕就要到来了……咻咻情急地大喊："不要，一旦被黑暗力量蛊惑黑化，你就会沦为黑暗爪牙，再也回不了头了！"

然而，特蕾娅什么也听不到，仿佛一具没有思想的躯壳，机械地迈着步子往前走去，一步又一步……

第十一章
草木精灵施救

借着微弱的手电光,特蕾娅转头看向周围,惊讶地发现,无数只草木精灵在她身边围了一层又一层,个个冲着她投来好奇的目光,仿佛在打量一件稀世珍宝一般。

眼看着特蕾娅的神智完全沦陷，着急的咘咘挣扎着从地上爬起来，张开嘴巴照着她的小腿狠狠地一口咬下去。强烈的刺痛如电流般从小腿处传来，特蕾娅心头一颤，人瞬间清醒过来，但她却没有停下前进的脚步，举起魔法棒指向吊在树上的草木精灵："赫赫巴斯，去！"一道刺目的白光射过去，草木精灵浑身发抖，睁圆的眼中露出了对死亡的恐惧。"啪"！令人意外的，吊着草木精灵的绳子应声而断，草木精灵一下坠落下去，骨碌碌地滚入一片及膝深的草丛中，它趁机借着草丛的掩护成功地逃离了大家的视线。

看到草木精灵成功逃脱，特蕾娅脸上露出如释重负的笑。咘咘欣喜地叫着，欢快地扑向特蕾娅，两步一蹿地爬上肩头，冲着她的脸重重亲了一记："干得好，我就知道主人不会被黑巫师蛊惑！刚才我担心死了！"

黑巫师的同伙个个震惊地注视着特蕾娅，简直不敢相信自己的眼睛。"这不是真的！这个还没什么本事的公主竟然破了大人下的迷魂术！""从没有哪个公主能从大人的迷魂术中摆脱出来，而她居然做到了！""我们低估了她的能力，她比

第十一章
草木精灵施救

我们想象中的强！绝不能对她心慈手软啊！"黑巫师们群情激愤，个个圆睁着眼睛愤恨地瞪向特蕾娅。

"该死，我们都被她耍了！可恶的小屁孩儿！"黑巫师发现自己上当了，面目瞬间变得狰狞起来，气急败坏地大叫，"快，把那只小怪物给我抓回来！不要放它跑了！"两名巫师骑着扫把"嗖"地朝草木精灵消失的草丛追过去。黑巫师将头转向特蕾娅，眯成细缝的眼睛突然一下睁得滚圆，眼睛里透出异常邪恶的光芒，她气呼呼地大吼："你这个不懂事的蠢丫头！我好心与你结交，你竟然把我们当傻子一样骗得我们团团转！看来你是想吃苦头了！"

"快说！你是怎么破解我们的迷魂术的？"黑巫师的同伙吼叫道。

"原来你们对我施了迷魂术？怪不得我总觉得一切变得那么不真实，就像做梦一样！要不是咻咻咬的那一下，我也许就真中你们的圈套了！"特蕾娅恍然大悟，气愤地瞪着这群心术不正的黑巫师们。另外两个去抓草木精灵的巫师回来了，其中一人的手中扣着精灵的脚踝将它倒拎在空中，精灵惊恐万状地吱吱叫，朝特蕾娅投来求助的目光。

黑巫师坐着扫把飞到特蕾娅身边，在她耳边恶狠狠地低吼："听着！到了这里你休想活着离开，识时务者为俊杰，不想死的话就乖乖照我的话去做！看到她们了吗？她们曾经跟你一样也是位公主……"黑巫师竖起兰花指，朝刚刚抓回精灵的两名黑斗篷指去。那两名黑巫师在指示下拨开帽兜，露出一张

如纸般惨白的脸,发青的眼窝,红得几乎要滴出血来的嘴唇,额头上还长着一对类似鹿角状的突起。被黑化的她们看上去就像舞台上化着浓妆的魔女,浑身散发着一种令人生惧的可怕气息。

原来被黑化后的公主会变成那种人不人妖不妖的鬼模样!特蕾娅惊讶地看着她们,眼睛都瞪直了。黑巫师干笑了几声,干涩沙哑的声音继续在特蕾娅耳边说道:"要么化成一缕青烟,要么像她们一样成为黑暗公主拥有永恒的生命,除此之外你别无选择!"说罢,一把扣住特蕾娅的手腕,力道大得几乎要捏碎她的骨头。"别再拖延时间了!特蕾娅公主,我的耐心可是有限的!"

"好痛……"特蕾娅忍不住皱紧眉头,吸了口冷气。黑巫师用力一推,特蕾娅一下朝前扑去,踉跄地摔倒在地上。"别做梦了!我才不要跟你们同流合污!"特蕾娅气愤地咬牙道。不等爬起来,她突然做出一个令大家出乎意料的举动,迅速将魔法棒指向抓着精灵的黑暗公主,念出一串攻击咒语。特蕾娅的动作来得实在太快了,黑暗公主完全没有防备,正被攻击波击中手背,"啊"地惊叫一声,猛地松开了手。精灵再次有了逃生的机会,"咻溜"一下钻入树林,从大家的眼皮子底下消失无踪。

特蕾娅救下精灵之后,一刻不停地又掉转魔法棒指向黑巫师。黑巫师见状,比特蕾娅动作更快地举起魔法棒,放出一道凌厉的冲击波。特蕾娅被打了一个措手不及,没等念出咒语,

第十一章 草木精灵施救

自己就被迎面而来的冲击波击中,身体如遭雷击般一下子被巨大的力量推了出去,重重撞到对面的树上。这一撞,特蕾娅感觉全身的骨头都快要撞散架了,疼得她几乎喘不过气来。她头朝下狼狈地瘫在草丛中,脑袋晕乎乎的,耳边一直回响着嗡嗡的声音,好半天都回不过神来。

"现在知道耍花招的后果了吧?还不打算向我求饶吗?"黑巫师走到特蕾娅面前,居高临下地瞅着狼狈不堪的公主,干巴巴地冷哼。特蕾娅吃力地挪动着身子,全身的骨头好像都在咯咯作响,疼得她浑身发抖,颤抖的手再次抓紧了魔法棒。"休想!"特蕾娅喘息地咬着牙,摇晃着身子从草丛里慢慢地站起来,一双泛着红血丝的眼中满满的全是不屈不挠的斗志。黑巫师的攻击非但没有让她害怕和屈服,反而激发出她心中更多的反抗和斗志。

黑巫师竟被特蕾娅脸上那种不肯服输的倔强表情惊到了,不敢相信地望着她:"怎、怎么会这样?你应该跟其他公主一样向我求饶,求我放过你才对,为什么?难道你、你不怕死吗?"

特蕾娅一手捂着隐隐作痛的胸口,喘息地哼道:"我可不是傻瓜,任凭你们摆布!我知道什么事该做,什么事不该做!打败你们就是我该做的事!"说完,突然举起魔法棒朝黑巫师发起攻击,但是发出去的冲击波太弱了,又失了准头,攻击波擦着黑巫师肩头射了出去。看到特蕾娅公主如此难降服,黑巫师皱起了眉头,一脸阴沉地看着特蕾娅,阴森森地哼道:"既

然你如此冥顽不灵，那我就对你不客气了！"一抬手，黑巫师们一齐举起魔法棒指向特蕾娅。

看着四支指向自己的魔法棒，特蕾娅心一紧，呼吸都要停滞了，身子不由自主地打起哆嗦。在她眼中，整个世界都不见了，只剩下那四支魔法棒，仿佛四把指向她的黑洞洞的枪口，随时要取走她的性命。此时此刻，特蕾娅乱糟糟的脑袋里想起了故去的叶塞尼娅女王、生命垂危的养父母，没想到现在轮到她了……她的额头冒出豆大的汗珠，站在原地一动不动，全身如雕塑般僵硬。

"莱茵奥特你在哪儿？快来救我！"特蕾娅在心里发出无声的呐喊。完蛋了，她的小命真的要在这里报销了！

"哈哈，就让这一切结束吧！"黑巫师干笑了几声，嘶哑的嗓音无情地说道。几道刺目的冲击波同时朝特蕾娅射去……特蕾娅的身体瞬间被冲击波击中，脑袋里一阵轰鸣，整个身躯被巨大的冲击波震飞，落在不远处一棵百年黄桷树旁。等黑巫师们走过来寻找她，却意外地发现一个活生生的人竟然不见了！周围到处是高高竖立着的杂草丛，一阵夜风吹过，卷起草屑纷纷扬扬地在空中飞舞，怎么也看不出任何有人摔落的痕迹。

"她在哪儿？她在哪儿？快给我去找！哪怕掘地三尺也要把她找出来！"黑巫师勃然大怒，情绪激动地嘶叫着。其他三名巫师赶紧分散在附近一带搜索。"沙沙……沙沙……"高高的杂草丛被风吹得一阵抖动，似乎在嘲笑黑巫师们的无能。但

第十一章
草木精灵施救

是特蕾娅去哪儿了呢？

她们当然不会知道，特蕾娅从空中摔下来的时候，恰好落在盘根错节的树根构建出的一个倾斜的坡道上，就这样她顺着斜坡神不知鬼不觉地滚进了被疯长的杂草掩盖的树洞中，直到头部重重撞上一块裸露在外的坚硬树根。"唔……"特蕾娅发出一声闷哼，来自头部的剧痛让她从昏迷中苏醒，缓缓地睁开了眼。"咦？这是哪儿啊？"她的眼前一片漆黑，看不到任何光亮。特蕾娅试着动了一下身体，五脏六腑就像搅成了一团，难受得要死。

这时，伸手不见五指的黑暗中响起一阵窸窸窣窣的异响，好像有什么东西陆陆续续地包围上来，声音越来越密集，越来越嘈杂。"谁？"特蕾娅不安地低喝。这种频繁杂乱的响动让她感到莫名的害怕，总觉得这里暗藏着许多看不见的危险，甚至比黑巫师还可怕。"喊喊……喳喳……"黑暗中又多了一种嘤嘤的低语声，特蕾娅想起初入山林时也曾听到过这种奇怪的声音，乍一听，时而像老人的喃喃自语声，时而又像寺院里的诵经声，密密麻麻的，回荡不绝。

天哪，这到底是什么地方？特蕾娅心中的不安感越来越强烈，忍着身体的疼痛伸手摸向兜里的狼眼。

特蕾娅终于从杂乱的声音中依稀辨出一个细弱的人语："她醒了！"原来周围这些数不清的声音重复的都是这三个字。特蕾娅掏出狼眼打开，谁知狼眼电力不足，好半天才慢慢地亮起微弱的光。当黑暗中出现光亮的一刻，她看到一张绿油

油的怪脸几乎贴到了她脸上,特蕾娅被吓了一跳。

只见这张脸上,一双灵动慧黠的眼珠冲着她眨了又眨,似乎充满了好奇。特蕾娅这才认出原来是那只被她救了的草木精灵!借着微弱的手电光,特蕾娅转头看向周围,惊讶地发现,无数只草木精灵在她身边围了一层又一层,个个冲着她投来好奇的目光,仿佛在打量一件稀世珍宝一般。"居然有这么多……小精灵?嗨,你们好!"特蕾娅忍着疼痛吃力地从地上坐起来,咧着发青的嘴角冲它们打招呼。

"她说话了!"不知谁扯着尖细的嗓音说了一句,激动的精灵们争先恐后地跟着重复起来,"她说话了!""她说话了!"一时间,到处充斥着嗡嗡的细碎人语声,犹如回荡在山谷间的长长的回音连绵不断。"嗨,你们能一个人说话吗?"特蕾娅感到有些好笑,轻声问道。一只上了年纪的草木精灵跳到从空中垂下来的树根上荡起秋千,冲她友好地说道:"请不要介意,特蕾娅公主,我们在这里很久都没有看到魔法大陆来的亲人了,就在刚才,你还救了我们一位同胞,所以大家都有些激动。"

"那没什么,我只是尽一点儿绵薄之力,其实我只有这么一点儿本事,我大概是你们见过的最无能的公主了。"特蕾娅很没面子地摸了摸鼻头,自嘲地说道。老精灵温和地说道:"不要这样说,若不是你出手,我们的同胞就会惨遭黑巫师的毒手。为了报答你的仗义之举,我们在你落地的时候及时打开树洞,将你藏了起来。"

第十一章
草木精灵施救

"什么？你是说我在……树洞里？"特蕾娅惊讶地抬头看向四周，这才注意到自己置身于一个封闭的狭长洞穴中，洞穴四周随处可见裸露在外的粗细不等的树根和树须，那些绿色的小精灵活像一群顽皮的孩子攀着树根上下跳跃着玩耍。"是的，这里是我们的家园，一个非常安全的地方，放心吧，黑巫师她们不会发现这里的。"说话的精灵似乎是这里的头领，光溜溜的脖子上戴着一串金色的饰品，很是醒目。

"你们为什么要离开魔法大陆？在母国生活不好吗？"特蕾娅不解地问，很为它们的危险处境担心。

老精灵低下头长叹了口气，像被戳中了心中的痛处，嘴角难掩失落："谁愿意背井离乡，远离自己的家乡呢？我们也是被逼无奈呀。这些年来黑巫师的队伍不断壮大，她们越来越猖狂，四处制造争端挑起战火。原本和平的魔法大陆如今被她们搅得到处硝烟弥漫生灵涂炭，就连最强大的塞尔西亚国边缘都沦陷了……我们精灵族是魔法大陆中等级最低、力量最弱的一族，根本无力与力量强大的黑巫师对抗。没办法，我只好带领一部分愿意离开母国的精灵长途跋涉来到人类世界。与魔法大陆比，这里相对要安全许多。"

"你们来自塞尔西亚国？那也是我的母国呀！"特蕾娅没想到在这里竟然遇到了这么多"老乡"！

"我听黑巫师说你是塞尔西亚国的公主？"老精灵怀疑地睁大眼睛看着她，把头摇得跟拨浪鼓似的，连连否认，"不对不对！塞尔西亚国的公主们一向自诩身份高贵，最不屑于与人

类世界打交道,她们怎么可能来到人类世界?绝不可能!"特蕾娅按着胸口,急切地分辩道:"可我真的是叶塞尼娅女王的女儿!至少我周围的人都这样认为!呃,虽然我从来没有去过魔法大陆,甚至连魔法大陆是什么样子都不知道……好吧,你们不相信我也没有办法。"看到精灵们不相信自己的身份,特蕾娅心里多少有点儿泄气。这也怪不得精灵们,其实连她自己都有点儿不太相信,又怎么能让外人信服呢。

"啊,等等!"老精灵突然想起什么,恍然低呼,"我记得叶塞尼娅女王还有个小公主特蕾娅,不过在很早以前她就失踪了,那时叶塞尼娅女王刚刚跟黑魔头恶战一场,很多人都说小公主死于那场战事。当然也有人猜测小公主是被叶塞尼娅女王藏起来了,难道你就是那个被藏起来的小公主!"此言一出,所有的小精灵都骚动起来,个个难掩激动地朝特蕾娅挤来,幽暗的地下洞穴里响起嘈杂的惊叹声和吸气声。

特蕾娅不好意思地挠着头,笑了两声。"哎呀呀,没想到我们这些卑微的精灵能有幸目睹尊贵的皇室成员天颜,精灵长老莫哈有礼了!"老精灵激动得胡子乱颤,忙不迭地从树根上跳下来落在特蕾娅面前,手抚着胸口向她行了个九十度鞠躬礼。

"你们不要这样!"特蕾娅有些受宠若惊,慌忙扶起老精灵。老精灵激动地说:"特蕾娅公主,我能在这里和您相见也许是冥冥之中的天意。当年,我和族人中了黑巫师的诡计被关进地牢,是叶塞尼娅女王救了我们,当我们将全族人多年来珍

第十一章 草木精灵施救

藏的宝贝献给她的时候,她却拒绝了,只说了一句话,日后她遇到了困难希望我们也能助她一臂之力。这句承诺直至今日我都铭记于心。对了,你今天遇到的那个黑巫师叫擎鸦,是黑魔头手下鬼心眼儿最多最阴险的人。你的母亲叶塞尼娅女王就是中了她的诡计,误入黑魔头的圈套,险些丢了性命!这个巫师法力不高,却降服了不少公主成为她的爪牙,是个极难对付的家伙!"

"这可怎么办?我只跟莱茵奥特学会了一点儿皮毛,完全不是她的对手啊!"特蕾娅发愁地直叹气,下意识地扭头看向自己肩头,猛然发现一直跟随自己的咘咘不见了!"咘咘?哪儿去了?"这时,靠近树洞口的最外圈的精灵们突然咋咋呼呼地叫起来,陆续附近的精灵都跟着骚动起来,没等老精灵发话,一只金黄色的绒球从精灵们的脚下滚了出来,沾着一身的草屑和灰尘仓皇地跳进特蕾娅怀里。特蕾娅看到咘咘缩成一团瑟瑟发抖,像是受到不小的惊吓,急声问道:"咘咘?出了什么事?"

"咘咘看不到你,闻着你的气味找呀找呀,结果被黑巫师发现了……"咘咘嘤嘤地颤声说道。它的话音刚落,整个洞穴突然毫无征兆地剧烈晃动起来,地面也在颤动,仿佛地震来袭。头顶上方的土层被震得有些松动,大大小小的土块噼里啪啦地掉落下来。"怎么回事?是地震了吗?"特蕾娅用手护着头,惊声叫道。洞穴里的精灵们似乎从没有遇到过这种情形,全部目瞪口呆地杵在原地,满脸都是惊恐与不安。

老精灵不知想到什么，脸色变得极度难看，吸了口冷气颤抖地说道："不好，一定是黑巫师发现了这里……正在捣毁我们的洞穴！""沙沙……""叽叽……呀呀……"随着越来越多的土块雪花般掉落下来，小精灵们全都慌了，尖叫着，四处寻找躲藏的地方。"镇静！"老精灵冲着慌乱无序的精灵们发出一声威严的嘶吼，这一声，成功地盖过了所有嘈杂，惊慌失措的精灵们一下子停住脚步，扭头朝这边看来。

"孩子们，不要慌，这里是我们的地盘，我们誓死也要保卫自己的家园！拿出你们的勇气，亮出你们的牙齿，狠狠给敌人致命一击！让我们跟随特蕾娅公主一起战斗！打败黑巫师！"老精灵高举着拳头，大声呼喊。也许是它的一番话太有感染力了，精灵们的斗志都被激发出来，洞穴里响起阵阵刺耳的尖叫。"啪"！"啪"！就在老精灵激情澎湃地鼓舞族人斗志的时候，洞穴晃动得更厉害了，不少树根接连发出断裂声，紧接着，洞穴四周的土层赫然出现一道手指粗的裂缝……

精灵们都被眼前骇人的场景吓坏了，个个屏住呼吸，全身僵硬。特蕾娅的心几乎跳到了嗓子眼儿，咻咻"嗖"地钻进了她的背包里躲了起来。"轰"的一声，整个洞穴顶部的坚实土层连同巨大的树根被生生地掀飞出去，头顶变成了深灰色浓云密布的夜空，四名黑巫师骑着扫把幽灵般地在空中飞舞，居高临下地俯瞰着下面……

第十二章
激战与守护兽

听说高级魔法师经过不断修炼,能用自身的元气幻化出守护兽,在危险的时候保护自己。难道……它就是特蕾娅公主的守护兽?

　　草木精灵藏匿特蕾娅的秘密树洞被黑巫师们合力摧毁，这突如其来的变故吓得所有精灵都慌了神，纷纷四处逃窜。此刻再也无路可退，特蕾娅索性孤注一掷，举起魔法棒朝空中的黑巫师射出一道冲击波。黑巫师瞬间移形换位，避开了来袭的进攻，其他巫师一齐将魔法棒指向特蕾娅，放出三道红色流火。眼见特蕾娅就要被流窜的冲击波击中，说时迟，那时快，老精灵闪电般地朝特蕾娅扑过去，将她推到安全的地洞角落里。

　　"蠢货，你以为只凭学了一天的魔法就想打败我，真是太天真了！"黑巫师扯着公鸭嗓子奚落道。她的话引来黑暗公主们的一阵嘲弄。

　　"我真没用，我根本打不过她们！"特蕾娅又气又急地捶打着石壁，一时间不知该如何是好，她不喜欢像老鼠似的躲在这里被动地挨打。老精灵向她投来慈爱的目光，把手放在她肩头，口气温和地鼓励道："不要灰心，别忘了你是叶塞尼娅女王的女儿，真正怕的应该是她们。相信自己，只要意志坚定，魔法棒会依你所愿发挥出常人难以想象的威力！"

　　"她们？怕我？"特蕾娅心里没底，不相信地重复了一

第十二章 激战与守护兽

句。

老精灵点点头，缓慢的语气异常坚定地说："魔法大陆流传着这样一句预言，说叶塞尼娅女王的孩子将成为新的王者，说的就是你。巫师们无不害怕预言成真。"

真会这样吗？特蕾娅回视老精灵的眼睛，心中莫名地涌起一阵从未有过的勇气。没错！黑巫师们害怕她日后变得强大，所以不遗余力地置她于死地。反正也没有退路了，与其躲起来求生，不如荣耀地和她们战斗！特蕾娅不再惧怕对方的威力，深吸了口气，勇敢地跑出藏身地，举起魔法棒朝黑巫师们放出一道比之前更加耀眼的冲击波。一名黑暗公主被击中，尖叫一声，从扫把上坠落下来。特蕾娅借着洞穴里的有利地形，不断变换位置，与黑巫师频频交手。小精灵们躲在草丛中，睁大眼睛紧张又兴奋地看着这场激战。

"嗖嗖嗖"！几道刺目的电光频繁地射在洞穴边缘，击得土屑飞溅，特蕾娅忙用手臂护住脸："不行，她们火力太猛，我完全没有机会还手！"老精灵小心翼翼地探头向外望了一眼，飞快缩了回来，想了想，冲特蕾娅招招手："跟我来，有一条安全的地道可以离开这儿！"特蕾娅绕着洞口边缘转到老精灵身边，老精灵拨开被树的根须掩住的隐密地道，领着特蕾娅钻了进去。精灵们生活的洞穴地道大多狭小，跟在后面的特蕾娅不得不猫着腰，手脚并用地在幽暗曲折的洞穴里一点点向前爬行。直到这时，特蕾娅才发现微弱的狼眼光对于黑暗中的他们来说实在是起不了多大作用，几乎照不了多远就被无尽的

黑暗吞没,只能在他们周围打下一圈昏暗的光影。

"动作轻点儿,千万不要惊动那些巫师。"老精灵放低声音,小声地提醒道。特蕾娅会意地点点头,只听黑巫师愤怒的咆哮声从后面远远地传来:"她不在这儿?该死的!这个狡猾的臭丫头一定躲起来了!就算挖地三尺也要把她给我找出来!"

到了地道尽头,老精灵推开头顶上方的遮挡物,轻身跳了上去,俯低身子回头对特蕾娅招了招手,低声道:"快上来,她们想不到我们在这里,这里是偷袭她们的最佳位置!"特蕾娅从杂草丛生的洞口向外张望,只见不远处,黑巫师正带着三名黑暗公主在附近搜索她的踪迹。她的失踪让黑巫师大为恼火,即使在这里都能听见她气急败坏的咒骂声。

"她不会跑远的!对了,把这些碍事的小怪物通通抓起来!特蕾娅公主跟她母亲一样爱心泛滥,她绝不会坐视不管!"黑暗公主们立刻追击捕捉隐藏在草丛中的精灵,昏暗的山林中顿时电光石火,精灵们吓得惊慌失措地到处逃窜,吵闹声、惊叫声和呼喊声在林间回荡,不绝于耳。特蕾娅看到黑暗公主们大肆捕捉四处逃窜的小精灵,气得眼都红了,愤慨地咬牙道:"她们简直太卑鄙了!"说完,举起魔法棒朝在空中指挥的黑巫师打去。

"啊!"毫无防备的黑巫师被冲击波击中头部,"轰"地一下,乱糟糟的鼠灰色头发里溅出几点火星,瞬间点燃!"该死,谁干的?我要把她的脑袋狠狠拧下来!"黑巫师慌忙拍打

第十二章
激战与守护兽

冒火的脑袋，一边怒不可遏地高喊。特蕾娅不给黑巫师喘息的机会，挥动着魔法棒接二连三地朝黑巫师打去，黑巫师顿时失去平衡，哇哇怪叫着从高高的扫把上跌落下来，呈自由落体状摔到地上。黑巫师痛苦地哀叫着，捂着肿胀发青的左眼，艰难地从地上爬起。突然她看到什么，双眼骤然睁得老大，气得浑身直发抖，抬手一指："她在那儿！"

黑暗公主们纷纷掉转方向，几道刺目的闪光同时朝特蕾娅射来。特蕾娅惊骇地看着流光朝自己袭来，连躲闪都忘记了。被击中的瞬间，她只觉得眼前一片白光，紧接着失去了意识，整个人如遭雷击般挺直身子，最后晃了一下，重重地一头栽到地上。

"特、特蕾娅……公主……"老精灵震惊地望着昏迷过去的特蕾娅，颤声低叫，慌忙赶到她身边摇晃着她。特蕾娅在之前那次攻击时已经遍体鳞伤，这次又承受了比先前更大的冲击波，此时的她犹如死去一般毫无生气。老精灵细长的手指颤巍巍地探向特蕾娅鼻间，不敢置信地喃喃低语："不，这不可能，预言说她是母国新的王者，怎么可能……"

特蕾娅的昏迷给精灵族带来莫大的恐慌，它们纷纷伸长脖子朝这边望来，全都一副不知所措的样子。黑巫师用扫把拄着地支撑着自己摇摇欲坠的身体，咧着一口染血的黄牙咯咯地笑起来："太好了，我等这一天已经等很久了，终于毁掉了那个预言。哈哈！咳咳！"她手捂着泛痛的胸口，一阵剧烈地猛咳。刚才特蕾娅的偷袭让她元气大伤。老精灵感觉不到特蕾娅

的鼻息，手指抖得更厉害了，眼眶里渐渐充满泪水。"噢，不，她是……我们的……希望，我们的……希望啊……可恶！都是黑巫师，都是她们造成的……"老精灵的手指用力抠着地面，极力忍着满腔的悲伤与愤慨，浑身像打桩机似的剧烈颤抖。它猛然抬起头，喷火的怒目狠狠地瞪向黑巫师，扯着嗓子大声嘶吼："孩子们！行动起来！为特蕾娅公主报仇！"

随着老精灵的一声令下，复仇的火焰犹如病毒般在精灵中间迅速传播开来。"沙沙……沙沙……"高高的草丛凌乱地抖动起来，显现出上百只精灵跳跃的身影，好似在进行一场大规模的暴动。它们瞪着泛红的眼睛，露出锋利的尖牙，从四面八方围拢过来，好像竞赛一般手脚并用地往树顶爬去。"它们在做什么？"黑巫师眯缝着眼睛，密切观察着它们的动静，停留在空中的黑暗公主不解地看来看去，空气中弥漫着一股极不平静的气息，似乎孕育着一场惨烈的大战。

越来越多的精灵朝树的顶端爬去，它们爬到树枝顶端后靠自身的重量向下一压，借助树枝的反弹迅速起跳，朝空中的黑暗公主扑去。它们吱吱地尖叫，一个接着一个，前赴后继地重复着跳跃动作。"啊！"黑暗公主的扫把被陆续扑上来的精灵抓住，一下失去平衡，惊叫着朝地面坠去。早在树下等得不耐烦的精灵龇着尖牙争先恐后地朝黑暗公主扑上去……

一场激烈的战斗正在丛林中上演。一只精灵偷偷靠近黑巫师的扫把，然后一口咬住，黑巫师厌恶地一挥魔法棒，那只精灵一声惨叫，向后翻了好几个跟头倒在地上，口吐白沫。"这

第十二章
激战与守护兽

些该死的爬虫,该让你们知道我的厉害了!"黑巫师挥舞着魔法棒,将围在黑暗公主身边的精灵一一炸飞,一时间,惨叫声连连。黑暗公主摆脱困境后开始凶狠反击,这时,黑巫师反倒像没事儿人似的转过身,朝着特蕾娅的方向缓缓走来。

"你想干什么?"守护着特蕾娅的老精灵不由得浑身颤抖起来。咘咘龇着牙站在特蕾娅的身上,紧紧地瞪着黑巫师,摆出一副随时准备攻击的样子。

"我吗?我要把这个丫头献给黑魔头,这可是黑魔头最渴望的礼物呀!哈哈!"黑巫师阴险地笑道,高高地扬起魔法棒朝特蕾娅施出一道咒语,当魔法棒的冲击波碰触到特蕾娅的时候,出人意料的事情发生了,特蕾娅的身体奇迹般地泛起一层柔和的光芒,黑巫师如电击般"砰"地被弹飞出去,摔到了很远的地方。"什么情况?这是怎么回事?"黑巫师狼狈地从地上爬起来,惊魂未定地抬头望去,眼前的情形令她不敢相信,"什……什么?"

只见"死去"的特蕾娅周身都被耀眼的银光包围,光芒越来越强,越来越盛,映亮了山林间一方天地。正在打斗的黑暗公主被夺目的光亮吸引,不自觉地朝这边望。小精灵们也纷纷停下动作,伸着脖子观望着难得一见的奇景。"天哪,发生了什么事?"老精灵用手臂遮挡着刺目的银光,眯着眼睛惊叫。咘咘的眼睛都看得直了。

就在所有人引颈观望的时候,一只纯白的独角兽倏地从耀眼的银色光芒中跳了出来,立在特蕾娅旁边,全身同样被一

层银色光芒包裹着。"那,那是什么?"老精灵震惊地瞪大眼睛,屏息地惊叫,它从来没有见过这么离奇的事!独角兽低头舔着身上的毛发,悠然地往前走了几步,低头舔食青草上的露珠。

"哦,不、不!这不是真的!"黑巫师再也控制不住心头的震惊,眼睛瞪得如核桃般大,她忙用手使劲揉了揉眼睛,再次看去,眼前的情形令她惊骇得说不出话来。"是守护兽!她竟然唤出了守护兽!"与此同时,老精灵也想起了什么,喃喃说道:"听说高级魔法师经过不断修炼,能用自身的元气幻化出守护兽,在危险的时候保护自己。难道……它就是特蕾娅公主的守护兽?"老精灵脸上露出难以自持的喜色,兴奋地高举着手臂欢呼,"上天保佑!我们的特蕾娅公主还活着!她还活着!"

小精灵们听到这个振奋人心的消息,都跟着欢呼雀跃起来。

"真的是她!真的是她!那个预言……是真的!"黑巫师脸色煞白地紧紧盯着那只独角兽,惊恐地颤声喃道,显得比任何人更加害怕。"不,必须杀了她,绝不能让预言成真!"黑巫师惊慌地抱着头,恶狠狠地咬牙咒道,眼神也变得无比邪恶,她抬手朝守护兽一指,骤然提高声音嘶吼道,"杀了她!不惜一切代价也要杀了特蕾娅公主!"

从守护兽奇迹般现身那一刻,黑暗公主似乎都预感到它的非同寻常,个个又惊又疑。听了黑巫师的命令,她们一齐朝特

第十二章
激战与守护兽

蕾娅冲去。"快,阻止她们,保护特蕾娅公主!"老精灵急声高喊,一步跳到特蕾娅身前,张开双臂摆出一副誓死保护主人的姿态。小精灵尖叫着,朝黑暗公主蜂拥而去,拼全族之力与黑暗公主对抗。黑巫师看到那些一向胆小懦弱、从不被她放在眼里的小精灵此时竟然像疯了似的阻止黑暗公主,又气又急地咒骂:"该死,这时候连小精灵都敢跑出来捣乱了!我绝不会让任何人阻止我的计划!"

黑巫师举起魔法棒正要发动攻击,一旁悠然吃草的独角兽抬起了头,它屈起细长的前肢往地面一跺,特蕾娅身上瞬间放射出无比夺目的白光,一股巨大的气浪呈环形朝四周扩散开去,精灵族人和黑暗公主的身影顷刻间被刺目的光芒淹没。"啊!不要!救命啊!"黑暗公主似乎承受不了这光芒的侵袭,她们用手挡着光,极度惊恐地发出一阵尖叫。夺目的光芒好像具有涤荡妖魔的力量,就连黑巫师也难以抵挡这种力量,踉跄地后退了两步,一下子瘫倒在地,动弹不得。

来自特蕾娅身上的耀眼光芒只维持了一刻,便瞬间消散,那只悠然自得的独角兽也随之消失了。幽暗的山林又恢复如初。精灵族人仿佛做了一场梦似的,茫然地相互看着,黑巫师和黑暗公主有如大病一场似的瘫倒在地,虚弱得连站起来的力气都没有了。老精灵难以置信地回头看向特蕾娅,没想到这威力能瞬间击溃所有黑暗力量。"特蕾娅公主?"在老精灵的呼唤下,特蕾娅终于缓缓睁开了眼睛,她长舒了口气,梦游般地自语:"原来我还活着……我刚才好像做了一个梦,梦见妈

妈来看我了，她长得很美很美……她的笑容让我觉得好熟悉，总觉得她从未离开过我似的……后来，她变成了一只独角兽帮我赶走了那些坏蛋，我不停地喊着妈妈，她还是没有回头地消失了……"说到这儿，特蕾娅突然想起什么，挣扎着从地上坐起来，急切地问道："黑巫师呢，她们走了吗？"

"不要担心，特蕾娅公主，她们现在已经伤害不了我们了。"老精灵露出温柔的笑，伸手扶特蕾娅坐起来。当看到眼前的景象，特蕾娅吃惊地张大了嘴巴，眼前的山林就像遭遇了一场龙卷风似的满目疮痍，地上到处是断裂的树枝，灌木丛被拦腰折断，树干上不时可以看到一块块被烧焦的痕迹。小精灵们陆续地从东倒西歪的草丛中站起来，每只精灵的脸上、身上都挂着或多或少的伤痕，个个看上去疲惫不堪，显然刚刚经历了一场残酷的大战。

特蕾娅环顾四周，惊讶地吸了口气："是你们救了我？"她不敢相信地看着小精灵，它们竟然打败了邪恶的黑巫师！听了她的话，老精灵脸上的笑容更深了，柔声更正道："不，应该说，是您救了我们！"

"我？"特蕾娅有些糊涂了。

"没错，就是您！精灵族所有族人都亲眼目睹了这一刻！"老精灵缓缓说道，深感荣耀地向特蕾娅低头行礼。特蕾娅纳闷地挠了挠头，奇怪，怎么自己一点儿也不记得了呢？她忍着浑身的疼痛，艰难地从地上站起来，喘息着看向四周，所有的小精灵见状都兴奋地欢呼起来，谁也无暇顾及倒在身边的

第十二章 激战与守护兽

黑暗公主。

黑巫师吃力地翻过身,抬起沾满了泥土的头朝特蕾娅望去,愤怒的双眸放射出邪恶的目光,咬牙切齿地低骂:"可恶,这次失算了!好汉不吃眼前亏,这笔账我日后再来算!"一伸手,落在不远处的扫把像听到召唤似的"嗖"地飞到她手中。黑巫师翻身骑上扫把,抛下黑暗公主疾风般地逃走,消失在茫茫夜色中。

"黑巫师跑了!"不知谁喊了一声,所有的小精灵顿时沸腾起来,个个兴奋得手舞足蹈。一时间,笑声和喝彩声此起彼伏,很是热闹。黑暗公主挣扎着从草丛中爬起来,看到黑巫师撇下她们独自逃走,脸上流露出浓浓的愤怒和失望。特蕾娅朝离她最近的黑暗公主走去,精灵们纷纷向两侧避让,黑暗公主不明所以地向后退了一步,紧张地低喝:"你要干什么?"

"你原来也是公主,为什么甘愿做黑巫师的手下,助纣为虐呢?我相信你一定是有苦衷的,回来吧!"特蕾娅友好地伸出双手,有心劝她回头。黑暗公主难以置信地看着她,似乎对特蕾娅的举动格外吃惊,她怔怔地看着伸向自己的手,内心在痛苦地挣扎。这时,旁边的老精灵缓缓从族群中走了出来:"没用的,特蕾娅公主,魔法公主一旦被巫师黑化,就再也无法回头。她们既然走上了这条路就怨不得别人,总要为自己的行为付出代价!"

老精灵的话深深地刺疼了黑暗公主的心,她猛地甩了下满头的红发,无比憎恨地瞪向特蕾娅和老精灵,恨恨地咬着牙

吼道:"没错!当魔法公主有什么好?处处受人限制、被人排挤,现在的我就很好,想做什么就做什么,没有人敢说不!"说着举起魔法棒朝吵嚷不休的精灵们挥去。"轰"地一下,地面炸出一个大坑,几只精灵被炸飞上天。"我最恨别人在我面前说三道四!尤其是你们这些地位卑微的丑陋爬虫!"

特蕾娅看到黑暗公主陷入了疯狂,为了避免更多的精灵受到伤害,她准备拔出魔法棒反击,不料,有人比她动作还快,一道凌厉的电光闪过,黑暗公主一下被击出十几米远。陆续又有几道电光朝着其他的黑暗公主打去。谁干的?特蕾娅疑惑地顺着冲击波的方向望去,意外地看到了一群人!

第十三章
王冠的重量

凌乱的长发被柔顺地绾在耳后一侧，头发上还多了一个王冠状的发卡，一身脏衣服也变成了漂亮的米色长裙，纤细的腰身恰好勾勒出少女美好的曲线，后腰上系着大大的蝴蝶结。

莱茵奥特！特蕾娅一眼就看到了人群中的他！随莱茵奥特一起来的还有布雷和几位熟面孔，都是住在她家附近的邻居，他们一起放下了拿着魔法棒的手。黑暗公主看到对方来了一群援兵，顿时慌了神，连忙救起红发的同伴，骑上各自的扫把，仓皇逃离。精灵们的危机彻底解除了！

"莱茵奥特！莱茵奥特！"站在特蕾娅肩头的咻咻蹦得老高，叽咕叽咕地尖叫。

"特蕾娅！"布雷急喊一声，风风火火地赶过来，兴奋地拍着她肩头上下打量着，不无担心地叫道，"你还好吧？快告诉我，有没有伤到哪里？你突然跑没了影儿，都快把我急死了！知道吗？"

"还好啦，我这不好好地站在你面前吗！"特蕾娅强打着精神，故作轻松地笑了一下，但还是掩盖不住满身的疲惫。

特蕾娅嘴上说没事儿，大家还是从她浑身的伤痕和一身的污渍看出，刚刚是经历了怎样一场激烈的战斗。"对了，你们怎么知道我在这儿？"特蕾娅奇怪地问道。不等莱茵奥特回答，急性子的布雷抢先开了口："喂，你肯定想不到！当时你

第十三章
王冠的重量

跑出金融大厦,转眼就没了影儿,把我急坏了,四处找你!我突然想起伊美尔达婶婶提过你的邻居,赶紧跑去找他们帮忙。莱茵奥特回来时没看到我们,就来这儿找,刚好和莱茵奥特撞个正着。幸好莱茵奥特在你身上下了跟踪咒,我们就跟着莱茵奥特一起找到了这里!谢天谢地,我们来得还算及时!"布雷拍着胸脯长舒了一口气,心有余悸地说道。

特蕾娅扭头看向莱茵奥特身旁的邻居:有隔壁那位古怪的亚瑟先生,住在马路对面整天追猫打狗的汤婆婆,还有喜欢化着夸张的浓妆以开蛋糕店为生的胖婶。这些人正是伊美尔达提过的那几位隐藏身份,保护她的族人。"谢谢你们,亚瑟先生、汤婆婆和胖婶,没想到你们也来了!"

"呵呵,看到你平安无事我们就放心了!我们这把老骨头能在关键时候发挥余热,也算功劳一件啊!"瘦得犹如纸片人的汤婆婆,双手叉着细腰,咧着缺了颗门牙的嘴巴呵呵笑起来。化着浓妆的胖婶扭着肥臀走上前,一把握住特蕾娅的手,笑得眼睛眯成了一条缝:"特蕾娅,我可是看着你长大的哟!可惜你每次见了我都跟见鬼似的绕着走,连我的蛋糕店都不敢光顾,以后可不要这样喽!"特蕾娅一看到胖婶那张夸张得好似妖婆的脸,浑身一阵寒意,忙不迭地点点头。

旁边的亚瑟先生扳着一张扑克脸,面无表情地说:"要是你的审美观跟你的手艺成正比,那么生意也不至于冷清到关门的地步。""你说什么?顾客上门买蛋糕,我总要打扮漂亮些,让顾客享受到超值服务,这有什么错?"胖婶很没面子地

大声反诘。看着胖婶跟亚瑟先生打嘴架,特蕾娅正要上前说和,布雷在她耳边小声说:"你家这几位邻居好奇葩啊!我找他们的时候差点儿把我吓出心脏病!还以为他们从外太空来的呢!"布雷说到这儿撇着嘴巴,瑟缩起肩膀抖了一下,好像在说他可不愿意跟他们打交道。

"你才知道呀,我可是认识他们十几年了哦!"特蕾娅抽了下嘴角,耷拉着眼皮苦笑。布雷扭头看向特蕾娅身后的老精灵,弯下腰,好奇地摸了摸老精灵的小脑袋:"哇,这些绿乎乎像猴子一样的小家伙是什么呀?居然一点儿也不怕人!"

"它们是来自魔法大陆的小精灵,你摸的这位应该是精灵族的头领。"莱茵奥特背着手在旁边道出了老精灵的身份。

"什……什么?"没想到还是个大人物!布雷被吓了一跳,倏地缩回手,惊诧地瞪大眼睛。精灵长老冲布雷友好地眨了眨眼睛,转身向大家深深鞠了个躬,谦卑地说道:"莫哈能站在这里与诸位相见,全是托特蕾娅公主的福,若不是公主大展神威击败了黑巫师,我和我的精灵族人也没有机会见到这么多母国的族人……"布雷还以为自己幻听,吃惊地睁大眼睛,忍不住出言打断精灵长老的话:"等等,你说什么?特蕾娅打败了黑巫师?"莱茵奥特微微一怔,几位邻居不无吃惊地彼此交换目光,都觉得难以置信。

"是啊,我也觉得很不可思议,可我和我的族人都亲眼目睹特蕾娅公主唤出了守护兽,是守护兽放射出万丈光芒驱走了黑巫师。"精灵长老迎上大家投来的疑惑目光,激动地将它看

第十三章 王冠的重量

到的情形讲述给大家听。所有人都听得目瞪口呆，就连特蕾娅都满脸诧异，不敢相信那是自己所为。

"据我所知，一般只有高级魔法师才能唤出守护兽，没想到特蕾娅也能做到……"莱茵奥特难掩心中的震惊，意外地说道，他仍不敢相信特蕾娅能做出只有高级魔法师才能做到的事。特蕾娅有些不好意思地挠着头，带着几分心虚地说："呃，关于守护兽的事，老实说，其实我一点儿印象也没有……我也不知道怎么会这样……"他们不会把她当成怪物了吧？看到大家用怪异的目光看着她，特蕾娅越发不知道手脚该往哪儿放，她手揣在兜里嘿嘿笑着向后退了一步，想避开他们火辣辣的视线。突然，特蕾娅脸色微僵，好像想起什么似的在兜里摸了又摸，额头冒出了冷汗。

"糟了，我的东西不见了！"

"什么东西？"莱茵奥特关心地问。

"塔罗先生送给我的印章，说那是母亲留给我的。之前来的时候还在我兜里的！"特蕾娅生怕遭莱茵奥特的数落，心虚地小声道。精灵长老马上转过身，冲周围的小精灵挥着手喊道："快！大家都帮特蕾娅公主找一找，看有没有掉在周围？"然后转身对大家说："不要着急，特蕾娅公主，只要在这里肯定能找到！只是，我们的家园遭到了黑巫师的破坏，要是印章被埋在了土里恐怕要费些工夫了。"

"稍等，容我先将这里恢复如初。"莱茵奥特客气地冲老精灵点了下头，然后从腰间抽出魔法棒，冲着空中挥动起来。

只见满地的断枝落叶陆续离开地面,朝空中飞去,重新回到树上。被炸断的古树像被起重机吊起来似的缓缓竖立起来,被挖开的土也奇迹般地开始回填,一切都在有条不紊地进行着。

"哇!好厉害的魔法啊!我什么时候才能变得像他们一样厉害啊!"布雷看到这神奇的一幕,不禁发出一声惊叹。

"是啊,我突然觉得他们用魔法做事的样子好帅啊,早晚有一天,我也要成为他们那样!"特蕾娅羡慕地看着莱茵奥特,笑眯眯地说道。特蕾娅的几位邻居也纷纷拿出各自的魔法棒从旁协助,加快了重建家园的进度。不久,凌乱的山林恢复了原有的样貌,枝叶招展,绿草葱茏。

"吱吱!"正在不远处寻找印章的几只小精灵突然炸了窝似的叫起来,欢呼雀跃地朝这边跑来,其中一只精灵举着精致小巧的天鹅绒方盒,三蹿两跳地奔过来交给精灵长老。周围的小精灵也都跟着围拢过来,期待着一睹盒中物的真容。"小心,千万别弄坏了!"精灵长老小心地接过方盒,打开盖子确认东西是否安好。当它看清盒子里面的东西时不禁倒吸了口冷气,仿佛看到了什么稀世珍宝一般,眼睛里浸满了难以置信的惊喜,就连捧着盒子的手也微微地颤抖起来。"我的天哪,这、这是……"特蕾娅的几位邻居看到精灵长老激动地双手发抖,忍不住好奇地凑过头来。这一看,人群间顿时爆发出一阵惊呼声:"我的天哪!我没看错吧?那是掌管一国的权印!"汤婆婆惊叫。

"这么重要的权印怎么在特蕾娅公主手里?太令人意外

第十三章
王冠的重量

了!"

"很显然,叶塞尼娅女王将塞尔西亚国的权印传给了特蕾娅公主,说明她已经选定了特蕾娅公主为王国未来的继承人。"亚瑟先生板着一张毫无表情的脸道出了令所有人为之震惊的结论。汤婆婆张着嘴巴几乎说不出话来,她吃惊地在特蕾娅身上扫视一遍,难以掩饰心头的震惊,冲其他人叫道:"可是,特蕾娅公主现在才十二岁,十二岁呀!叶塞尼娅女王怎么会将这么重要的权印交给一个还未成年的孩子?你们知道这其中的利害吗?这意味着,特蕾娅日后将成为母国各方势力倾轧攻击的目标!这会害死她的!"

"不要杞人忧天嘛!既然这是叶塞尼娅女王的意思,想必她也是经过一番深思熟虑的!想想吧,我们从小看到大的特蕾娅公主就要成为整个塞尔西亚国的女王了,这是件多么美好的事啊!"一向乐观的胖婶美滋滋地抱着手,无比幸福地眯眼笑。"别高兴得太早,现在公主的消息已经走漏,那些黑暗势力正盯着特蕾娅的一举一动,在特蕾娅公主回母国之前凡事不能大意!"亚瑟先生皱着眉头,用严肃的口吻说道。

看到大家为自己的事你一言我一语,特蕾娅扭头看向莱茵奥特,用手掩着嘴巴小声问道:"你怎么不说话了?你该不会是早就知道叶塞尼娅女王的决定了吧?现在我该怎么办?"

莱茵奥特背手而立,微微一笑:"身为你的骑士,我只是负责保护你的安全,无法替你做决定。无论你将来是否会成为一国之王,我都会履行自己的职责。"旁边的布雷听完大家

的争论后,用力地咽了下口水,用自己才能听到的声音低语:

"老天,看来她真的是魔法世界的公主,以后还会是一国之王,真是让人难以置信!"

"特蕾娅公主。"旁边传来精灵长老的一声低唤,激动的话音中带着一丝颤抖。特蕾娅低头看过去,只见精灵长老深深地低下头,双膝跪地,双手托着权印高举过头顶,献给特蕾娅,紧接着,所有的精灵也都像接收到指令似的,纷纷跟着跪倒下去膜拜,原本嘈杂声不断的山林此刻变得寂静无声,仿佛连鸟儿都停止了鸣叫。

"莫哈长老?您这是……"特蕾娅困惑地看着精灵长老向自己行大礼。汤婆婆咧着掉了牙的嘴巴,笑呵呵地说道:"这是地位卑微的精灵族对尊贵的王族表现出的最高礼节,也意味着它们对新王宣誓效忠。特蕾娅公主还没有正式继位,但您已经用行动赢得了精灵族的臣服和尊重。"

"我们精灵族在此发誓,永远对特蕾娅公主效忠,忠贞不二!"精灵长老用沙哑的嗓音缓慢而坚定地说道。

"这么有仪式感的场面,穿着一身脏衣服可不行。"胖婶用魔法棒在特蕾娅身上轻轻一点,特蕾娅顷刻间变了模样:凌乱的长发被柔顺地绾在耳后一侧,头发上还多了一个王冠状的发卡,一身脏衣服也变成了漂亮的米色长裙,纤细的腰身恰好勾勒出少女美好的曲线,后腰上系着大大的蝴蝶结。换装后的特蕾娅焕然一新,看上去是那样的光彩照人!特蕾娅惊奇地低头打量着全新的自己,这简直是她梦中的样子!布雷眼睛直

第十三章 王冠的重量

直地望着特蕾娅,整个人都看呆了。汤婆婆在旁边呵呵地笑,"特蕾娅公主的风采一定会迷倒很多人的!"

天刚蒙蒙亮,特蕾娅一行人回到了熟悉的皇后大道。汤婆婆、胖婶和亚瑟先生担心城里还有人会威胁到特蕾娅的安全,所以先一步回来了。他们快到家门口的时候,街道对面商铺的橱窗被人推开,胖婶顶着一头夸张的火焰色头发从里面露了出来,冲他们笑眯眯地招了招手。汤婆婆又像往常一样领着两只罗威纳犬和一只贵宾犬出门散步,不时挥动着手中的拐杖,呵斥它们老实点儿。亚瑟先生则坐在自家的庭院里悠闲地喝茶看报,看到特蕾娅一行人经过,冲他们淡淡地点了下头。

"莱茵奥特,我总是听你们提到魔法大陆,那里到底是个什么样的地方?"特蕾娅背着手一边蹦蹦跳跳地在前面走,一边好奇地问道。这一路上,她一直在不停地向他追问各种问题,好像脑袋里装着数不完的问题。莱茵奥特背手前行,回以一个沉稳的笑容。"那里是一个风景很美的地方,层峦叠嶂、河流纵横,到处盛开着奇花异草,空气中永远都弥漫着淡淡的花香。你们母国的皇城建在一块巨大的浮石上,远远望去就像一座飘浮在空中的城堡,站在上面能俯瞰到整个国家……"

"哇,听起来就像书本中的仙境一样,好让人神往啊!经历了这么多事我总感觉像做梦似的,觉得很不真实。唉……"特蕾娅屈起指头敲了敲有些发涨的脑袋,不由得长叹了口气。一向话痨的布雷飞快接口道:"没错!这两天发生的事情彻底颠覆了我的世界观,我都不知道该相信什么了!前天你还是我

的好哥们儿呢，可转眼间就成了一位名副其实的公主，真是让人无法适应！"

趴在特蕾娅肩头的咘咘，叽叽咕咕地埋怨起来："咘咘也不适应，特蕾娅公主怎么有这样一个大嘴巴朋友，话多得让我想把耳朵封起来。""你这个小不点儿最好把嘴闭上，我跟特蕾娅是从小到大的朋友，你少来分裂我们！"布雷故作生气地鼓起腮帮子，手指着咘咘威胁道。咘咘才不怕，眼珠子骨碌一转，咧开嘴巴露出一排尖利的细牙，照着他的手指咬过去。布雷"哇"地叫了一声，慌忙把手缩了回去。咘咘趴在特蕾娅肩头咯咯地笑，笑得浑身抖个不停。

"莱茵奥特，我是不是要回母国啊？那我们什么时候回去呀？"特蕾娅恍然想起什么，顿时来了兴致，扭头看向身边的骑士，满心期待地问道。自从知道了这个世界之外还有一个神奇的魔法大陆，她恨不得马上插上翅膀飞过去。莱茵奥特微微一笑，点了下头："你当然要回去，不过在回去之前我们还有很多手续要办。你的公主身份需要认证，认证之前还要经过一系列准备与学习。此外，回魔法大陆需要穿过危险的界门，你还需要学习相对应的技能才能顺利穿过界门。"

"还要……还要……还要！一听要学这么多东西我头都大了！"特蕾娅一听到"学习"两个字脑袋就隐隐作痛，忍不住惨兮兮地叫。莱茵奥特看着她，伸手在她头上揉了揉，一个不经意间的小动作尽显温柔。

"界门？界门在什么地方？"布雷好奇地追问。莱茵奥特

第十三章
王冠的重量

耐心地解释道:"地球上有许多人迹罕至却风景绝美的地方,但因为险要的地理环境成了人类不可逾越的屏障,这些人类不能到达的地方,往往就藏有我们通往魔法大陆的界门。"

特蕾娅忍不住翻了个白眼:"莱茵奥特,你简直可以与外交官相媲美了!啰里啰嗦说了一大通还是没明确告诉我们界门在哪里?"

"吱——"旁边传来一声刺耳的刹车声,一辆豪华的私家车停在路边,车窗摇下,一个漂亮女孩探出头来。"这不是特蕾娅吗?没想到你还有起这么早的时候!啊,对了,我猜你们肯定又忘记老师补充的作业了吧?"

"什么补充作业?"特蕾娅意外地"啊"了一声。漂亮女孩好像听到了什么开心的事,笑得更灿烂了,交叉手指支着下巴,故作好心地提醒道:"前天老师把作业放在群里了,估计你们都没看吧?可惜我今天要去圣露西亚宫,看不到老师怎么训斥你们了,真是好遗憾哦!"说完,幸灾乐祸地冲特蕾娅摆了摆手,重新关上车窗。看着疾驰远去的汽车,特蕾娅跟布雷愣愣地相互对视一眼,异口同声地问道:"你写了吗?"原来两人心里都抱着相同的心思,等着拿对方的作业抄。

"那个女孩是谁?"莱茵奥特问。

"我们班的维维亚娜,听说来自某个神秘小国,至少国家名我听都没有听说过,反正我经常听她的司机和保镖唤她维维亚娜公主。"特蕾娅抱着双臂撇着嘴,大有意见地哼道:"我就是不喜欢她总仗着自己成绩好,对谁都满不在乎的样子,有

什么了不起嘛,她以为自己是谁呀?"

"维维亚娜公主?这个名字我好像在哪里听说过。"莱茵奥特若有所思地低语。

"喂,她刚才说什么圣露西亚宫,那是什么地方?"布雷不解地问特蕾娅。特蕾娅正要开口,旁边的钟楼里传来低沉的敲钟声,一下又一下,一连响了七下。特蕾娅猛地想起什么倒吸了口冷气,然后向巷子里的第一幢两层小楼冲去,一边跑一边慌张地大喊:"天哪!七点啦,我要赶紧补作业了,写不完作业就惨了!"

"等等,还有我!"布雷一想到老师怒发冲冠的样子不禁抖了一下,忙不迭地朝特蕾娅追去。

莱茵奥特停在原地,看着维维亚娜远去的方向,沉思着什么,轻声说道:"圣露西亚宫是魔法大陆设在人类世界的管理机构,只有接受公主训练的人才会去那儿。这么说她也是魔法大陆的公主……特蕾娅公主需要尽快通过身份认证,看来我有必要带她去一趟圣露西亚宫了。"

从黑巫师出现在巷子里那一刻起,特蕾娅的生活就发生了天翻地覆的变化。然而,她并不知道,自己的出现正好印证了那个预言,犹如投入湖中的石子在黑暗世界激起一层层涟漪。那些象征邪恶的黑巫师已按捺不住,开始蠢蠢欲动……

一道隐藏的界门，连接两个不同的世界……

圣露西亚公主学院——这个所有公主都向往的地方，在这里经过"魔鬼"般的训练后，她们才会成长为真正的魔法公主。这里金碧辉煌、画栋雕梁，充满了浓厚的艺术气息。正是这样一个地方，汇集了魔法大陆里顶尖的魔法教员；也正是这样一个地方，被黑暗力量笼罩，暗潮汹涌的黑暗气息渐渐逼得人喘不过气来。

一份魔法档案的出现不仅没有打破这凝滞的空气，反而让气氛变得愈加阴森恐怖，因为传言说谁得到了这份机密档案，谁就会成为魔法大陆未来的主人……这一诱惑力巨大的消息一出引得黑巫师不惜任何代价都要得到它。

被黑化的黑暗公主处处与特蕾娅公主作对，在惨遭多次陷害与迫害后，特蕾娅终于予以反击，在真正认识了黑巫师的真面目后，她做出了大胆的决定，她一定不能让叶塞尼娅女王的心血付诸东流，也一定不会让黑巫师的奸计得逞。为了拯救公主学院，为了解救被黑化的公主，她将付出沉痛的代价，可即便这样，她也会与黑暗势力斗争到底。

孤立无援的特蕾娅公主又能否在险境中一步步化险为夷，让我们拭目以待……

身为一名魔法师，每个人都有自己的魔法招数和魔法武器。也许书中的魔法武器无法满足你的想象，那么展示你的时候到了！

大家可以亲自设计，晒出你们心中最酷炫的魔法武器的样子，并进行简单的说明，然后将图样寄给我们。小编会从中选出三幅最有创意的魔法武器图样，并给"设计师"寄出精美礼品！

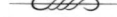

PS：如果你认为传统邮寄方式耗时太久，也可以将本人与图样的合照一起发到微博上，并@意林少年版，点赞数量排在前三名的同学将会得到我们寄出的精美礼品！

邮寄地址：北京市朝阳区南磨房路37号华腾北塘商务大厦1501室《意林·少年版》编辑部收。邮编：100022

本活动最终解释权归《意林·少年版》编辑部所有

"意林·少年幻兽师"系列
一段少年英雄成长史,一部异世妖兽山海录

作者:雨 魔
上架建议:励志/校园/成长

第一部荣耀完结
"少年幻兽师"系列外传第一册《易火与神的考验》即将来袭

"意林·山海经"系列
《芈月传》作者蒋胜男倾力推荐!

智慧、勇气、冒险、情义……尽在少年热血时!

作者:墨清清 周 飞
上架建议:励志/校园/畅销小说

第一季精彩完结
第二季"山海神兽录"系列第一册《青丘狐与女娲神》即将上市

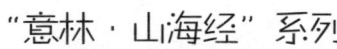

"意林·猎神传"系列
作者:笑晨曦
上架建议:励志/玄幻/校园/畅销小说

一个万众瞩目的猎神传奇,
一段大气磅礴的异界之旅。
集幻想、悬念、推理、神秘、冒险为一体。
现代校园与古代神话元素相结合
第三册《对决噬空梦兽》即将上市

"意林·机甲星球"系列
作者:杨鹏
上架建议:励志/科幻/校园/畅销小说

赴一场英雄的梦,开一扇想象的窗
——当危难来势汹汹,恐惧是你的选择,勇敢也是

全球华语科幻星云奖获得者、
迪士尼签约作家杨鹏实力新作

"意林·5班乐翻天"系列
作者:伍 剑
上架建议:幽默/成长/校园/畅销小说

生活的笑料=写作的调料
听幽默故事,写高分作文

校园幽默派小说作家、冰心儿童文学奖
获得者伍剑烹饪的幽默大餐!

"意林·锦衣少年行"系列
作者:天使奥斯卡 月关 周行文
上架建议:青春校园/热血武侠

豪情义胆铸侠义 壮志凌云冲九霄
一个传奇组织的热血故事,一群英勇少年的成长蜕变。

架构宏大、情节跌宕、画风细腻的同名热血
青春影视剧,即将上线。

"意林·魂武士" 系列

作者：[美] 王天、瓦里安
译者：李耀和
上架建议：励志／玄幻／校园／畅销小说

男孩女孩的成长冒险书
横扫欧美的超能变身小说

一面是普通学生，一面是上古神兽，看魂武士们如何打怪升级，拯救危难世界吧！第三册《魔力手环》即将上市

"意林·凡尔纳经典科幻" 系列

作者：[法] 儒勒·凡尔纳
译者：刘瑜、李悦／张镇迪
上架建议：励志／冒险／科幻小说

中小学生课外阅读经典名著
开启科幻新篇章，点燃头脑超强风暴。
这是一场极具未来眼光的科学畅谈，
也是一次跨越时间与空间的世纪幻想。

"意林·古墓奇谭" 系列

作者：[美] 迈克尔·诺斯鲁普
译者：王映红
上架建议：励志／幻想／成长／畅销小说

一部解开古埃及千年死亡谜底的古墓探险力作
美国学者出版社重点打造的多媒体互动图书
惊险神秘 科学探索 挑战大脑
第四册《石头战士》和第五册《末日帝国》即将上市

"意林·少年军校" 系列

作者：关义军
上架建议：励志／校园／儿童文学

一部少年军事励志小说
一部小军迷生存宝典
一部爱国主义国防教育读本
智慧强大的少年 闪亮惊艳的时光

"意林·小超人" 系列（注音版）

作者：[斯里兰卡] 努雷·维塔奇
译者：李耀和
上架建议：儿童文学

一套综合了语文、数学、物理、化学等多种学科的精品故事书
低年级学生的贴身读物，小读者的口袋超人书！

"意林·美国少年励志馆" 系列

编者：美国 Cricket Media 出版集团
上架建议：少儿／励志

一套写给孩子的人生智慧书
一把打开孩子智慧思考生命价值的钥匙

"意林·萌武侠" 系列

作者：黄文军、钟锐、林风、岳烨
上架建议：成长／武侠／校园

新概念有声少儿武侠小说
培养好品格，做敢于担当、勇于挑战的好少年！
少年萌侠闯江湖，欢脱有爱铿锵行！

巴比兔系列成长绘本

绘著：海伦娜·西·毕斯科·卡拉杰克
上架建议：儿童读物

源自国际获奖绘本　彰显生命教育典范
为3～7岁性格形成关键期的孩子准备的
一份心理自助礼物